Brockmeyer Verlag

Ulrich Straeter

Eickmeiers Traum
und andere Geschichten

Illustrationen
Ilse Straeter

Brockmeyer Verlag

Bibliografische Information der Deutschen Bibliothek
Die Deutsche Bibliothek verzeichnet diese Publikation in der Deutschen Nationalbibliografie;
detaillierte bibliografische Daten sind im Internet über http://dnb.ddb.de abrufbar.

2014
Brockmeyer Verlag
Im Haarmannsbusch 112
44797 Bochum
Tel. +49 (0) 234 9701600
Fax +49 (0) 234 9791601
universitaetsverlag.brockmeyer@web.de
www.brockmeyer-verlag.de

Satz: Günter Großheimann, Essen
Druck: KLEVER GmbH, Bergisch Gladbach

ISBN 978-3-8196-0945-9
WG 110

Inhalt

Fünfter Teil: Wenn am Bahnhof Blumen blühn

Erster Teil

Fliegende Omas

Sie kommen!

Ein Tag im Februar 1945

Sie kommen! Unsanft wurde ich während eines Urlaubs in der Provence im Jahr 1988 an eins der schlimmsten Erlebnisse meiner Kindheit erinnert. „Ils viennent, ils viennent! Sie kommen, sie kommen!", hörte ich eine helle Frauenstimme auf der Straße rufen. Gemeint waren die tieffliegenden Maschinen der Force de Frappe, der französischen Luftwaffe, die das liebliche Vauclusetal zerlärmten. „Sie kommen, sie kommen!" hatte ich schon als Vierjähriger gehört.

In einer Nacht im Winter 1945 weckte mich die aufgeregte Stimme meiner Mutter: „Junge, wach auf, wir müssen in den Bunker!" Ich schlief nicht in meinem Bett, sondern voll bekleidet unter einer Wolldecke auf dem Sofa im Wohnzimmer. Der Schein der Taschenlampe, die meine Mutter in der Hand hielt, irrlichterte durch den Raum. Es durfte keine Beleuchtung eingeschaltet werden, alle Fenster waren verdunkelt. Schlaftrunken und frierend torkelte ich nach draußen. Nachbarn hasteten vorüber und riefen: „Sie kommen, sie kommen!" Wir liefen so schnell wie möglich durch die Dunkelheit. Meine Beine waren noch schwer vom Schlaf, meine Mutter musste mich ziehen. Der Bunker lag ungefähr zwei Kilometer entfernt, es handelte sich, wie ich später erfuhr, um den Tunnel der Wasserleitung zwischen Schwerte an der Ruhr und Dortmund. Bevor wir ihn erreichten, waren ‚sie' schon da! Ein seltsames Rauschen war zu hören, das in ein unangenehmes Brummen und Brüllen überging, irgendwo krachte es, am Himmel flackerten unruhige Lichter auf. Was das alles bedeutete, wusste ich nicht genau, doch die Angst der Mutter und der Nachbarn übertrug sich auf mich. Ein fremder Mann mit einer Karbidlampe vor dem Bauch (Karbid kann ich bis heute nicht riechen) half mir die steile Treppe hinunter. Wir verbrachten die halbe Nacht auf harten Brettern, die auf den beiden dicken, schwarzen Wasserrohren angebracht waren. Das Licht der Petroleumlampen und Kerzen warf unheimliche Schatten an die Wände, die aus dunkelroten Ziegelsteinen bestanden, die im Rund gemauert waren wie bei einem Tunnel. Sie hätten uns im Ernstfall wohl wenig Schutz geboten. Heutige U-Bahn-Röhren erinnern mich an diese Bauweise. An der Decke liefen dicke Kabel, an den Seitenwänden sah man Streifen heruntergelaufenen Wassers. Die Leute, auch Kinder, hockten auf den Brettern, hatten Wolldecken und Pullover um sich gezogen. Ein Ende des Tunnels war nicht zu sehen, dort gähnte eine schwarze Fläche. Die Erwachsenen redeten wenig, flüsterten, die Kinder, auch ich, waren still, eine gedrückte Stimmung machte sich breit, die Luft war stickig. Die meisten Bomben fielen in einiger Entfernung in die Nähe der Ruhr, wo eine Flugabwehrstellung, die man Flak nannte, eingerichtet war.

Viel später konnte ich nachlesen, dass die Bomberverbände auf dem Rückflug häufig übrig gebliebene Bomben irgendwo abwarfen, um Sprit zu sparen. Wenn es diesen ‚Bunker' erwischt hätte, würde man uns, Erwachsene und Kinder, Zivilisten, heute als ‚Kollateralschaden' bezeichnen.

Diese eigenartige Stimmung, die durch den Tunnel kroch, wirkte auf mich so beängstigend und unheimlich, dass ich mich an einem der nächsten Tage weigerte, in das dunkle Loch des Bunkers zu steigen. Ich schrie so lange, bis meine Mutter, einige Nachbarn und der Mann mit der Karbidlampe es aufgaben, mich in den Schlund hinunter zu bringen, und meine Mutter mit mir zurück ging. Die Erwachsenen nannten das Bunkerkrankheit. Meine Mutter blieb mit mir bei den nächsten Angriffen zu Hause. Bis heute geht es mir durch Mark und Bein, wenn ich eine Sirene höre. Fliegeralarm! Wenn nachts die Feuerwehr bei uns zum Einsatz fährt und die Sirene eingeschaltet wird, bin ich hellwach.

Damals hockten wir im Keller, eine Wolldecke über die Köpfe gezogen (wegen des Staubs, falls Mauern oder ein Teil der Decke einstürzen würden), mein einziges Spielzeug, einen Holzlastwagen, hielt ich eng an mich gepresst. Ich sah das Flackern der Petroleumlampe nicht mehr, das Bersten der Bomben klang gedämpft. Ein Nachbarhaus wurde völlig zerstört, zwei Menschen starben. Ein weiteres Haus, in dem fünf Menschen umkamen, stand noch jahrelang halbzerstört in unserer Straße. Mauerreste ragten auf, leere Fensterhöhlen schauten mich an, wenn ich auf dem Weg zur Schule daran vorbeiging. Damals begriff ich noch längst nicht, dass ich hätte sterben können. Was das bedeutet, weiß man als Kind nicht. Erst als erwachsenem Menschen wurde mir klar, in welcher Gefahr wir geschwebt hatten. Einige Meter neben unserem Haus war eine Luftmine heruntergekommen, die Fenster, Türen und das Dach beschädigte. Hätte sie unser Haus getroffen, gäbe es diese Erzählung (und die anderen) nicht. Meine Großeltern, meine Mutter und mich hätte es zerquetscht, zerrissen und zerfetzt. Oder erstickt. Meinen Bruder würde es nicht geben – oder höchstens als Halbbruder, denn mein Vater überlebte den Krieg in Frankreich, Polen und der Sowjetunion. Er hätte noch einmal heiraten können. Aber ich wäre nicht mehr da gewesen, und so wäre mein Halbbruder auch nicht mein Halbbruder geworden…

Jahrelang war der Schriftzug ‚Luftschutzkeller' außen an der Hauswand neben der Kellertür zu lesen. Als ich mir später einen Partyraum im Keller einrichtete und Löcher in die

Decke bohrte, stellte ich fest, dass sie aus weichem Aschenbeton bestand.

Noch heute wache ich manchmal mitten in der Nacht ohne Grund auf, und es ist mir, als hörte ich die Stimme meiner Mutter: „Junge, wach auf, wir müssen in den Bunker! Sie kommen!".

1939 begann der 2. Weltkrieg mit Deutschlands Überfall auf Polen. Manche Historiker legen den Beginn auf das Jahr 1936, als Italien Abessinien, das heutige Äthiopien, überfiel und italienische und deutsche Truppen Franco bei seinem Putsch in Spanien unterstützten.

1945 riefen in London Politiker dazu auf, die Flucht deutscher Kriegsverbrecher in neutrale Länder zu stoppen. US-Amerikanische Bomberverbände flogen erneut einen Großangriff auf die Innenstadt von Wien, während britische Bomber das Ruhrgebiet, insbesondere die Städte Dortmund und Essen, angriffen. Angehörige der 19. Armee kämpften noch bei einem Brückenkopf um Neu-Breisach, während die deutschen Truppen sich zugleich aus westrheinischem Gebiet zurückzogen.

Britische und amerikanische Bomberverbände hatten seit Ende August 1944 bereits Königsberg (heute Kaliningrad), Danzig und Dresden bombardiert. Vom 13. bis 15. Februar 1945 erlebte Dresden eine der schlimmsten Bombardierungen des zweite Weltkrieges. Historiker behaupten, dass die Bombardierungen zu diesem Zeitpunkt weder aus kriegstaktischen noch aus psychologischen Gründen notwendig gewesen seien.

Unsere Straße

Wir hätten auch im Garten spielen können, das hatten uns die Eltern erlaubt, aber wir trieben uns lieber auf der Straße herum.

Sie schlängelte sich von einer Hauptstraße zur anderen zwischen den Häusern und Vorgärten hindurch, war mit Lehm und Asche bedeckt und an ihren Rändern wucherte Gras. Die Anwohner waren froh, das Morden und Totschlagen, den Krieg, überlebt und ein paar Habseligkeiten aus den Trümmern gerettet zu haben. Die Erwachsenen hörte ich oft sagen: Wenn erst mal Frieden ist! Unter Frieden stellte ich mir etwas Wundervolles vor.

In der Straße waren vor dem Krieg Kanalarbeiten vorgenommen worden, sie war nicht wieder richtig zugepflastert worden. So war sie zu unserer Kinderzeit ein holpriger Weg, auf dem wir spielen konnten. Auf der Straße spielen nannten wir das. Ich kann mich an Sommertage erinnern, an denen ich das Frühstück nicht schnell genug hinunterschlingen konnte. Nach draußen! Die Ermahnungen der Mutter und die zu engen Schuhe waren schnell vergessen.

Wir waren zehn, zwölf Kinder, alle aus der Nachbarschaft, zwischen fünf und zehn Jahren alt. Rolf wurde unser Anführer, wahrscheinlich weil er der älteste war. Ein ziemlich ruhiger und bedächtiger Junge, ich mochte ihn. Unser Pechvogel war Udo. Er trat in Glasscherben, riss sich an rostigen Nägeln die Hände blutig und traf Fensterscheiben, wenn wir uns im Streit mit Steinen bewarfen. Wir gruben Löcher in den Lehm, dort, wo heute der Bürgersteig ist. Wir buddelten in der Erde, bis unsere Arme fast ganz in den engen Lehmröhren verschwanden. Dann verbanden wir die Höhlengänge miteinander und hoben kleine Gruben aus. Wir bauten Dämme und Wände aus Lehm und durchbrachen sie, bis wir zu mehreren in der Lehmgrube sitzen konnten. Tage und Wochen vergingen, wir merkten es nicht. Bei Regenwetter deckten wir die Grube mit Ästen, Stöcken und Rasenplacken ab. Dann krochen wir hinein, saßen eng zusammen und genossen es, uns dort geborgen zu fühlen. Das dauerte meist so lange, bis Klaus kam, der am oberen Ende der Straße wohnte. Ein widriger Typ, der sich in unsere Gruppe nicht einordnen konnte, häufig allein spielte. Wenn er mal kam, machte er alles was wir gebaut hatten wieder kaputt. Lange, viel zu lange, ließen wir uns das gefallen und brachten unsere Höhle immer wieder in Ordnung. Doch eines Morgens schubste Rolf ihn an die Seite. Klaus fiel hin. Bevor er sich aufrappeln konnte, stürzte sich Udo schreiend auf ihn, hielt ihn an den Beinen fest, und dann waren wir anderen über ihm. Ungestüm schlugen wir zu, bis er sich mit letzter Kraft befreien konnte und laut weinend davonlief und lange Zeit nicht wiederkam.

Manchmal halfen die Mädchen mit in der Lehmkuhle, doch sie hinkelten lieber, schossen den flachen Stein auf einem Bein tanzend durch die in den Weg gekratzten Kästchen oder übten Seilchenspringen. Klipp konnten wir gemeinsam spielen, dafür musste eine Vertiefung in den Weg gekratzt werden, über die ein kleiner Holzstab gelegt wurde, den wir mit einem längeren Stab durch die Luft schleuderten. Wo blieb Hilmar? Udo und ich liefen den Weg hinauf, klopften ans Küchenfenster und schrieen seinen Namen, bis er ungewaschen und ohne Frühstück aus dem Haus kam.

Klaus' Vater besaß als einziger in der Straße ein Auto. Es hatte den Krieg in der Garage unbeschadet überstanden. Erst später verstand ich, dass er den Nazis das Fahrzeug unterschlagen haben musste, denn sie requirierten jedes Auto für den Krieg. Dieses Verhalten war nicht ganz ungefährlich gewesen, aber er war den ganzen Krieg lang nicht mit dem Wagen gefahren. Wegen seines Berufes in einer Stahlfirma in Dortmund war er wohl unabkömmlich gewesen. Irgendwann gelang es ihm, vier Reifen aufzutreiben und den kastenförmigen Opel P 4 wieder in Gang zu bringen. Er fuhr! Mit großem Geschrei rannten wir hinterher, bis wir nicht mehr konnten und der Staub uns Nasen und Augen verklebte.

Dann kam die Zeit des Fußball- und Völkerballspielens und des Auf-die-Autos-Achtens, denn es gab inzwischen wieder mehrere, die ab und zu durch unseren Weg fuhren. „Auto, Auto", brüllte einer, ein anderer riss den kostbaren Ball an sich, und lange blickten wir den Staubwolken nach. Wie gern wären wir einmal mitgefahren. Oft tickte der Ball über Zäune und Mäuerchen und musste aus den Vorgärten geholt werden. „Rolf hat zuletzt getreten, Ball wiederholen!" Dabei machten wir die ersten schlechten Erfahrungen mit den Nachbarn. Oma Krutza, die wohl keine Schönheit war, auf uns wie eine Hexe aus dem Märchen wirkte, war die Schlimmste. Sie schimpfte, drohte und lief mit der Harke hinter uns her. Einer musste seinen Mut beweisen, lag auf der Lauer, bis Oma Krutza hinter der Hausecke verschwunden war, dann blitzschnell über den Zaun, den Ball gepackt und zurück.

Abends kamen die Väter zu Fuß oder mit dem Fahrrad von der Arbeit die Straße herauf. Sie arbeiteten fast alle beim Phönix in Hörde, das waren der Hochofen und die Eisenhütte der Dortmund-Hörder-Hüttenunion, die später vom Konzern Hoesch aufgekauft wurde, im Nachbarort, an deren Stelle sich heute ein See erstreckt, an dessen Rändern

Nobelwohnungen entstehen. Im neuen Jahrhundert wurde die Fabrik abgerissen und an die Chinesen verkauft. War es Zufall, dass die Hütte im Tal lag, die Männer morgens ohne Anstrengung bergab laufen oder mit ihren Rädern fahren konnten, sich aber abends nach zehn oder zwölf Stunden Plackerei mühsam den Berg hochquälen mussten?

Wenn es dunkel wurde, konnte man den hellen, rötlichen Schein der Hochöfen zuckend am Himmel sehen. Nachtschicht! Wir wussten noch nicht, was das bedeutete, liefen den Vätern entgegen. Die Freude wich der Enttäuschung, wenn einige von uns gleich mit nach Hause genommen wurden. Die Väter wollten ihre Kinder auch mal um sich haben. Drei Mal am Tag rief die Sirene die Arbeiter zum Werk, um sechs Uhr morgens, mittags um zwei und am Abend um zehn. Im Nachbarort Hörde konnte man manchmal den ‚Feurigen Elias' beobachten, einen Zug, der das aus dem Hochofen gewonnene heiße, flüssige Eisen in großen, wie langgezogene Bonbons aussehenden Spezialbehältern zur Fabrik brachte. Es dampfte und zischte. Manchmal schlugen Flammen aus den Behältern, kleine brennende Brocken fielen auf den Schotter.

Das so genannte Wirtschaftswunder begann. Das Lebensmittelangebot wurde vielfältiger, es gab wieder ‚gute' Butter anstatt Margarine, Fleisch war da, Schokolade und andere Süßigkeiten. Und Bälle! Es gab Bälle, zwar aus Gummi, aber immerhin. Bälle, die richtig tickten, mit denen wir Fußball spielen konnten, nicht mehr die aus Stoff, die uns die Mütter in ihrer Verzweiflung genäht hatten. Einige von uns bekamen zu Weihnachten Fahrräder geschenkt. Bei Karstadt in Aplerbeck drückten wir uns die Nasen an der Scheibe platt: dort drehte die erste elektrische Eisenbahn zwischen schneebedeckten Bergen, Bäumen und Signalen ihre Runden. Nur einmal anfassen dürfen, aber sie war unerreichbar für uns.

Mein Vater schimpfte auf die Währungsreform. Am ersten Tag hatte jeder vierzig Mark, und dann? Wo kamen über Nacht plötzlich all die Waren her? Ich verstand nichts. Ich war froh. Es gab Fahrräder und endlich wieder Bälle zu kaufen. Heute weiß ich, woran das lag, doch immer noch gibt es Menschen, die nicht verstanden haben, was damals geschah. Während die Alliierten, die gemeinsam Nazideutschland besiegt hatten, noch über ein neutrales Deutschland verhandelten, schufen die USA, Großbritannien und Frankreich mit Hilfe konservativer Kräfte in den Westzonen in einer gemeinsamen Aktion die Deutsche Mark, DM genannt. Innerhalb eines halben Jahres, unter strengster Geheimhaltung, wurde das neue Geld gedruckt, in den drei Westzonen verteilt und die Spaltung Deutschlands besiegelt. Ein Jahr später konnten im Abstand von einem Dreivierteljahr erst die Bundesrepublik Deutschland und dann die Demokratische Republik Deutschland gegründet werden. Beide mit ihrem jeweiligen ‚Großen Bruder' im Rücken. Der kalte Krieg begann. Als es die neue, harte Währung, die Deutsche Mark, gab, holten die Geschäftsleute ihre bis dahin in Kellern und Lagerhallen versteckten Waren heraus und boten sie zum Verkauf an. Die Waren hatten ihren Wert behalten, auch Aktien, Grundstücke und Fabriken. Die Sparguthaben der Leute waren eins zu zehn abgewertet worden. Diese Ereignisse gingen als Währungs-reform in die Geschichte ein.

Die westdeutsche Wirtschaft kam mit Hilfe der USA und des Marshallplans in Schwung, überrollte uns alle und rollte in die Welt hinaus. Das Land exportierte sich gesund. Von Litfaßsäulen und Plakatwänden blickte uns ein würdig wirkender, etwas dicklicher Mann mit einer großen Zigarre an. Ab und zu malten wir ihm einen Schnurrbart an oder setzten ihm eine Brille auf. Das war Ludwig Erhard, der erste

Wirtschaftsminister der Bundesrepublik, der als Vater des Wirtschaftswunders gefeiert wurde.

Unsere Väter wurden nicht gefeiert. Sie hatten den ganzen Tag hart malocht und waren abends kaputt von der Arbeit. Sie waren froh, überhaupt Arbeit zu haben. Es ging aufwärts. Die Löhne stiegen langsam, die Gewinne schneller. Auch das Steueraufkommen stieg.

Unser Weg wurde eines Tages an beiden Enden durch Barrieren und Schilder abgeriegelt, kein Auto durfte mehr hindurch. Lastwagen kamen, von denen Bauarbeiter und Maschinen abgeladen wurde: Man begann, unseren Weg aufzureißen. Das hieß: Die Straße wird gemacht. Es dauerte sehr lange – wir konnten nicht auf ihr spielen –, bis sie endlich fertig war. Und jetzt war sie, wie einige Leute sagten, eine wirkliche Straße, eine breite, gut ausgebaute Straße, mit einer Packlage und einer richtigen Asphaltdecke, an jeder Seite mit einem Bürgersteig versehen. Nur die Holzmasten mit den freischwebenden elektrischen Leitungen erinnerten an den alten Weg und störten das neue Straßenbild. Aber jetzt, vielleicht war die Straße zu schön, oder zu viele Autos fuhren hindurch, oder wir waren zu alt dafür geworden, spielten wir nicht mehr auf ihr. Wir spielten nicht mehr auf der Straße. Die Schule packte uns, wir wurden größer, und andere, neue Dinge wurden wichtig für uns.

Jahre sind vergangen. Die Stromkabel wurden in die Erde gelegt. Moderne, stählerne Neonpeitschenlampen ragen auf. Jetzt würden die alten Holzmasten viel besser zu der Straße passen, weil sie an vielen Stellen geflickt und ausgebessert ist und Schlaglöcher die glatte Fläche unterbrechen. Sie wird gebraucht, die Straße, wenn am Sonntag die Kreuzung am Schwerter Wald durch den Ausflugsverkehr verstopft ist und die Autoschlangen umgeleitet werden müssen. Die blank geputzten Autos der Anwohner parken am Straßenrand. Die früheren Gärten sind jetzt fast alle bebaut; neue Familien sind zugezogen. Die Kinder können wegen des starken Verkehrs nicht auf der Straße spielen. Eine treusorgende Stadtverwaltung hat junge Bäume an die Straßenränder pflanzen lassen, die unerwünschtes Laub abwerfen werden, wie die neuen Anwohner sagen. Sie ist nicht mehr unser Weg, unsere Straße.

Ein Schild fällt auf. Es steht auf einem der wenigen noch freien Grundstücke. „Hier baut die Bürgerinitiative Falterweg einen Kinderspielplatz. Interessenten bitte melden, Spenden auf Kontonummer bei der Stadtsparkasse." Holzstapel liegen herum, Steine, Sand. Kinder verstecken sich hinter einer buntbemalten Bretterwand.

Die Bahnfahrt

Junge, iss!"

Onkel Karl lehnte sich genüsslich auf seinem Stuhl zurück und grinste breit. Er hatte die rötliche, glatte Gesichtshaut, wie man sie bei westfälischen Bauern häufig antrifft. Dieses westfälische Rot setzte sich in einer beginnenden Glatze fort, die von einem dunklen, kurzgehaltenen Haarkranz umgeben war. Der Onkel war gedrungen und kräftig gebaut, trug eins der beliebten grünen Hemden, die ursprüngliche Farbe seiner Hose war nicht mehr zu erkennen, sie sah dunkelgrau aus, mit einem Stich in ein verschossenes Grün. Frische Lehmspritzer zeigten an, wo sich der Onkel herumgetrieben hatte. Er lachte gern und häufig, das Lachen hatte seinem Gesicht einen verschmitzten Ausdruck gegeben, der fast nie verschwand.

„Junge, iss!"

Mühsam würgte ich einen weiteren Bissen Rindfleisch in mich hinein. Mensch, wenn der wüsste, wie satt ich war! Mein Vetter, zehn Jahre alt wie ich, saß neben mir am Tisch, war längst fertig mit dem Essen und beobachtete grinsend meinen Kampf mit dem Braten. Voller Pläne waren wir, was wir draußen alles machen wollten, in der Scheune klettern, Drachen steigen lassen auf den Feldern, schwimmen im Fluss...

Und ich aß!

Meine Eltern und der Hausarzt waren sich einig gewesen: ich sollte mal raus aus dem Kohlenpott, zur Erholung aufs Land oder an die See. Meine Bronchien waren nicht in Ordnung, und mit dem Essen konnte ich es niemandem recht machen. Was es gab, mochte ich häufig nicht, was ich mochte, gab es oft nicht. Und blass sah ich aus, blass, das war das Schlimmste. Das sagten alle Tanten. Ein Kinderheim war 1951 zu teuer. Was lag da näher als Onkel und Tante mit ihrem Bauernhof nördlich der Weserkette und des Wiehengebirges in der Nähe von Minden, am äußersten Zipfel Nordrhein-Westfalens bei der Porta Westfalica. Für mich lag das gar nicht nahe, weder räumlich noch sonst wie, nämlich fast zweihundert Kilometer von Dortmund entfernt; die Verwandten auf dem Bauernhof waren mir fremd. Ich wurde allerdings nicht gefragt.

So hatte ich an einem strahlenden Sommertag, der mir das Ruhrgebiet so freundlich wie lange nicht erscheinen ließ, im Dortmunder Hauptbahnhof in einem Eisenbahnabteil gesessen, zusammen mit fünf alten Damen. Meine besorgte Mutter hatte vom Bahnsteig aus mit sicherem Blick dieses Abteil ausgesucht und mich unter die Obhut der Vertrauen erweckenden alten Damen gebracht. Nicht ohne Fahrtziel, Anlass der Reise und mein Alter auszuposaunen. Mein vorwurfsvoller Einspruch, ich sei alt genug, kam zu spät. Es war die erste Bahnfahrt, die ich allein unternahm.

Der Großonkel, Onkel Kurt genannt, sollte mich in Minden auf dem Bahnhof abholen. In einem Brief an meine Mutter hatte er geschrieben, er erwarte den jungen Herrn aus der Stadt in Hut und Mantel und Aktentasche. Ein Sextaner mit Hut, bei der Vorstellung musste ich lachen. Ich fühlte mich in meiner blauen Stoffjacke mit Reißverschluss und der neuen Lederhose, die ich am liebsten auch nachts anbehalten hätte, pudelwohl. Ich hoffte, der Großonkel würde mich auch so erkennen. Statt der Aktentasche hievte ich mit Mühe meinen kleinen Mädler-Koffer mit den gelben, aufgesetzten Lederkanten ins Gepäcknetz. Der Zug ruckte an, meine Mutter wischte sich ein paar Tränen aus den Augen und winkte mit ihrem Taschentuch. Sie winkte sicher noch, als ich längst neugierig auf der anderen Seite aus dem Fenster blickte.

Kurl, Wasserkurl, Altenbögge-Bönen, Hamm.

Der Bummelzug hielt überall, in Hamm so lange, dass ich dachte, es würde nicht weitergehen. Von der riesigen Bahnhofshalle, die alle Gleise und Bahnsteige überspannte, stand nur noch das Gerüst. Schwarz und verbogen, sämtliche Glasscheiben fehlten. Ausgebrannte und verrostete Dampfloks drängten sich auf Abstellgleisen. Hier ragten bei Kriegsende die Gleise senkrecht in die Luft, hatte mein Vater erzählt, als er aus Russland zurückkam. Von Hamburg bis Hamm hatte er auf einem offenen Kohlewaggon mitfahren können, von Hamm nach Dortmund musste er sich zu Fuß durchschlagen. Endlich pfiff die Dampflokomotive durchdringend, langsam glitten wir aus der kaputten Halle hinaus.

Ahlen, Neubeckum, Oelde, Rheda, Gütersloh.

Das Münsterland und dann der gewellte Rücken des Teutoburger Waldes zogen an den schmalen Abteilfenstern vorbei. Die Abteile hatten auf jeder Seite des Wagens eine Tür mit Fenster, der Schaffner turnte in den Bahnhöfen und manchmal auch während der Fahrt draußen auf dem durchgehenden Trittbrett von Abteil zu Abteil, um die Fahrkarten zu kontrollieren. Innendurchgänge zu den anderen Abteilen oder Waggons gab es nicht. Gleichmäßig huschten die Telefonmasten vorbei, die Drähte hingen in der Mitte durch und schwangen sich wie Wellen von Mast zu Mast. Hart schlugen die Räder in die Dehnungsfugen der Gleisstücke, das Dadamm, Dadamm kam rasch heran, raste unter dem

Abteil durch und verschwand leiser werdend in derselben Richtung, wie die ab und zu am Fenster vorbeiwabernden Rauchfetzen der Lokomotive. Schon kam das nächste Dadamm, Dadamm, schien das kaum verklungene zu jagen, selbst verfolgt von einem weiteren. Und immer wieder die Wellenbewegungen der Drähte, Schlag auf Schlag abrupt unterbrochen von den schwarzen Holzmasten. Die Anzahl der Drähte wechselte, sie verschwanden, kamen wieder, die Abstände variierten, es schien, als bewegten sie sich. Alles bewegte sich draußen, als stände der Zug. In der Ferne über einzelnen Waldstücken inmitten des Grüns der Felder und Wiesen schwebten weiße Wolkenballen, die mit uns flogen und doch zurückblieben.

Wiesen, Felder, Wälder, einsame Bauernhöfe und Dörfer – ich konnte mich kaum sattsehen. An den Giebeln der Bauernhäuser hingen Schilder, die Tinte von Pelikan empfahlen oder gegen Erkältung Hustelinchen. Wegen meiner Bronchien hatte mir meine Mutter eine kleine Blechdose Rheila-Perlen mitgegeben. Mit einem Schieber konnte man eine Ecke öffnen und die kleinen schwarzen Perlen, die aussahen wie Hasendreck, herausrieseln lassen. Von meinen Bronchien merkte ich nichts. Irgendwann gaben es die fünf alten Tanten auf, mich mit Fragen zu beackern, die ich nur einsilbig oder gar nicht beantwortete. Eine nach der anderen stieg irgendwo aus, nicht ohne die Verantwortung für mich wortreich auf die restlichen zu übertragen. Schließlich blieben zwei übrig, die durch das gleichförmige Schlagen und Rattern der Räder zu meiner Freude in sanften Schlummer gewiegt wurden.

Isselhorst-Avenwedde, Ummeln, Brackwede, Bielefeld.

Bahnhof auf Bahnhof, manche von Bäumen umstanden, die Wände mit gelben Klinkersteinen verkleidet. Jedes Mal Halt. Weiße Emailleschilder mit schwarzer, ernster Schrift tauchten auf, die die Stationsnamen und wichtige Hinweise angaben. Reklametafeln für Hoffmanns Stärke, Gütermanns Nähseide und grünweißes Vivil. Wasserbecken auf den Bahnsteigen: Kein Trinkwasser!

Brake, Löhne, Herford, Porta-Westfalica, Minden.

Ich weckte meine beiden Gouvernanten, zerrte den Koffer aus dem Gepäcknetz, ging in die Knie, als er endlich herunterkam, und sprang aus dem Zug. Langsam wachte mein Hintern auf, der auf der harten, blankpolierten Holzbank eingeschlafen war. Irgendjemand, den ich als Großonkel hätte identifizieren können, war nicht zu sehen. Schlagartig war meine gute Laune fort, mir fiel ein, dass ich nicht wusste, wo und wann der Bus zum Dorf fuhr. Langsam ging ich mit wackeligen Beinen am hölzernen Geländer entlang, eckige, rostrot gestrichene Pfosten trugen ein teerpappebedecktes Holzvordach. Dann durch die Sperre in die Halle des kleinen Bahnhofsgebäudes, noch einmal wurde die Fahrkarte kontrolliert.

„Hallo, junger Mann!" Ich konnte nicht gemeint sein, drehte mich aber um und sah ein gutmütiges Gesicht mit roten Apfelbäckchen. Der Großonkel! Ich hatte es geschafft. Zwei Stunden später erreichten wir das Dorf. Der Hof hatte die Hausnummer Elf, Straßennamen gab es zu meiner Verwunderung nicht.

„Junge, iss!"

Onkel Karl, der Schwiegersohn vom Großonkel, der Bauer, wie das im Dorf hieß, denn der Großonkel und die Großtante lebten auf dem Altenteil, Onkel Karl, rotgesichtig, rundköpfig, stämmig und wohlgenährt, fing gleich am ersten Abend damit an. Und irgendwann aß ich ordentlich, Mensch, schmeckte das hier! Ich aß alles, auch was ich sonst nicht mochte.

Schweine-Schwirtz

Onkel Karl musste, bevor er auf die Landwirtschaftsschule gekommen war, für kurze Zeit ins Gymnasium gegangen sein. Jedenfalls konnte er etwas Latein. Und als er herausgefunden hatte, dass ich in der Sexta war, legte er los.

„Laudo, laudas, laudat, laudamus, laudatis, laudant", brüllte er mir entgegen, einen Riesenhaufen Heu mit der Gabel hochhaltend, das Gesicht vor Schweiß glänzend, als ich nach dem Frühstück die große Tür zur Deele aufstieß. Ich schwieg verdutzt. Schon kam der nächste Schlag.

„Agricola laborat, der Bauer arbeitet", schrie er und hievte den Heuhaufen in eine der beiden Pferdeboxen, die an der einen Seite der Deele untergebracht waren. Ich musste lachen. Der Onkel drückte mir eine Forke in die Hand und deutete auf das andere Pferd. Unbeholfen versuchte ich, etwas Heu über die Mauer in die Box zu heben. Die Forke war ohne Heu schon schwer genug. Nach zehn Minuten war ich durchgeschwitzt, das Lachen war mir vergangen.

„Na, lass man, Jüngsken, agricola laborat, dat is wohl nix für dich." Doch kaum hatte ich mich den beiden ruhig in den Boxen stehenden Pferden zugewandt, die Hans und Moritz hießen, und überlegt, ob ich eins, und wenn, dann wo, anfassen konnte, war der Onkel hinter mir.

„Collegere, sammeln, sammeln", schnaufte er und hielt mir einen Drahtkorb hin. „Draußen, neben dem Brunnen, Birnen sammeln für die Schweine!" kam die knappe Anweisung.

„Wo ist Rainer denn?" versuchte ich mit der Frage nach meinem Vetter Zeit zu gewinnen.

„Der kommt gleich, ist zum Hof von Schulte-Oberste, die sollen morgen beim Mähen helfen." Eigentlich wollte ich mit dem Vetter unseren Hof erkunden, spielen oder tolle Sachen unternehmen, von denen ich keine genaue Vorstellung besaß, aber Rainer würde schon wissen, was wir machen konnten. Vorerst fand ich mich beim Fallobstsammeln wieder; neben dem alten Ziehbrunnen standen zwei große Bäume, die hunderte kleiner Birnen abgeworfen hatten.

„Ora et labora!", schallte es aus dem großen Scheunentor, begleitet von einem schadenfrohen Lachen. Ich war sauer – und sammelte. Der Korb war noch nicht ganz voll, das Kreuz tat mir weh, als mein Vetter hinter der Hecke auf der Dorfstraße auftauchte. Rainer war dunkelhaarig, braungebrannt, etwas kleiner als ich und drahtig. Er übernahm sofort die Führung.

„Komm mit, zum Schweinestall!" Er deutete auf die Birnen: „Das muss ich sonst machen."

Die Ställe befanden sich auf der anderen Seite der breiten Einfahrt, die zur Deele und dem Wohnhaus führte. Dumpfe, schwüle Luft drängte uns entgegen, und der intensive Geruch nach Schweinemist. Die Koben lagen rechts und links eines langgestreckten Ganges. Fast vierzig Säue und Ferkel befanden sich im schummrigen Halbdunkel. Das Grunzen und Rülpsen steigerte sich sofort zu einem wilden Quieken, als der Vetter eine der an der Gangseite angebrachten Futterklappen öffnete und Birnen hineinwarf. Wie auf Kommando kamen alle Tiere in Bewegung, in den Futterrinnen erschien ein Schweinerüssel neben dem anderen. Der Vetter begann, die Tiere von oben mit Birnen zu bewerfen. Je fester er ihnen eine auf die feisten Hinterteile brannte, um so lauter quiekten sie, ließen sich aber beim Fressen nicht stören. Ich griff mir auch ein paar Birnen, das Spiel faszinierte mich, innerhalb kurzer Zeit war der Korb leer, im Schweinestall herrschte ein Mordsgetöse.

„Ich hol' neue Birnen", rief ich und grabschte nach dem Korb. Ora et labora, das hämische Lachen des Onkels, mein schmerzender Rücken: alles war vergessen. Doch Rainer blickte sich lauernd nach allen Seiten um, schüttelte den Kopf. „Wir müssen weg, das hat der Alte bestimmt gehört."

Ich ließ den Korb fallen und folgte ihm durch dunkle Gänge in den leeren Kuhstall, von dort ging es durch die Remise, wo zwei große hölzerne Leiterwagen standen, zum Hinterausgang ins Freie. Er rannte auf einen Stacheldrahtzaun zu, der die Kuhweide vom Hofgelände trennte, hob den untersten Draht an, ich rutschte auf dem Bauch darunter durch, dann kam er dran. Mir wieder voraus, raste er über die Wiese, geschickt die Kuhfladen überspringend, auf die Kuhherde zu, die in einiger Entfernung graste. Ich bekam einen Riesenschrecken und zögerte. Wollte der mitten durch die Herde? Während der Vetter einfach zwei Rinder zur Seite schob, einer Kuh die Schnauze tätschelte, rannte ich im großen Bogen um die Kühe herum. Am angrenzenden Runkelfeld trafen wir uns wieder.

„Wir tun so, als wär' nichts gewesen", sagte Rainer und zockelte los. Möglichst unauffällig machte ich das nach und trabte auf dem Feldweg zum Nachbardorf hinter ihm her. Unterwegs erzählte er mir etwas von Drachenbauen, mindestens zwei Stück, was wir unbedingt am nächsten Tag machen müssten. Plötzlich tauchten vor uns drei Jungen auf. Größer als wir. Bedrohlich langsam kamen sie auf uns zu, der Feldweg erschien mir auf einmal sehr eng. „Mistkerle aus dem Nachbardorf!", zischte Rainer, als ich ihm in die Hacken rannte, weil er unwillkürlich langsamer geworden war. Mein Vertrauen in ihn bekam einen leichten Knacks. Wortlos drückten wir uns langsam an den böse blickenden Jungen vorbei. Gerade wollten wir beginnen zu rennen, als ein dreistimmiges „Schweine-Schwirtz, Schweine-Schwirtz, ha, ha, ha!" ertönte. Rainer drehte sich wütend um, ich sah ihn fragend an. „Die meinen den Alten", murmelte er verlegen. Erst zweihundert Meter weiter erzählte er. Der Onkel hatte als erster im Dorf auf Schweinezucht umgestellt, mit Erfolg, wie sich zeigte. Was natürlich den Neid der anderen Bauern geweckt und ihm den Spitznamen „Schweine-Schwirtz" (Schwirtz war der Hausname der Familie) eingebracht hatte.

Als wir bei einbrechender Dunkelheit mit schlechtem Gewissen zum Hof zurückkehrten und mitten in das Abendessen hineinplatzten, Tante Gertrud kräftig losschimpfte, drohte der Onkel nur schelmisch mit dem Zeigefinger.

„Juventus, die Jugend", dozierte er, dann nahm er schlürfend einen Löffel Suppe.

„Schweine-Schwirtz", dachte ich und grinste. Die Tante setzte mir den zum zweiten Mal bis zum Rand gefüllten Teller vor die Nase.

Fliegende Omas

Unweit der Gegend, in welcher der Bauernhof lag, begann die norddeutsche Tiefebene, wo häufig ein Wind über das Land fegte, der unsere Jungenherzen höher schlagen ließ. Hier konnte man Drachen steigen lassen! Das war nicht zu vergleichen mit den mühseligen Versuchen zu Hause, im Ruhrgebiet, wo es meist an Wind mangelte. Wahrscheinlich wegen der Hochöfen, der Stahlwerke und der Abgase aus den hohen Schloten. Jedenfalls jetzt, Ende August, war Drachenbauen das Gebot der Stunde. In diesem Dorf nahe der Porta Westfalica, am nördlichsten Zipfel Westfalens, wo Kaiser Wilhelm der Erste oben auf dem Berg wachte, damit keine Feinde ins Land kämen, gab es Wind genug. Und reichlich Stoppelfelder, denn damals, Anfang der fünfziger Jahre des 20. Jahrhunderts, wurde das Getreide mit dem Mähbinder geschnitten, der die gebundenen Garben nach hinten auswarf, die dann zum Trocknen zu so genannten Docken, kleinen Strohhäuschen, aufgestellt wurden. Bevor der Hof einen Trecker besaß, wurde der Mähbinder noch von zwei Pferden, die Hans und Moritz hießen, gezogen. „Warum heißt Hans nicht Max?" fragte ich Onkel Karl, denn ich kannte die Geschichten über Max und Moritz von Wilhelm Busch und wusste, dass er unweit des Dorfes in Wiedensahl gelebt hatte.

„Max ist vor drei Jahren gestorben, er war schon fünfundzwanzig Jahre alt", erklärte der Onkel, seine Stimme wurde dabei etwas leiser, „wir mussten ihn durch Hans ersetzen.

Der ist aber auch schon neunzehn Jahre alt, eigentlich müsste er in Rente gehen!"

„Und Moritz?" fragte ich. „Der ist ein junger Spund, erst vierzehn Jahre alt." Mir kam es so vor, als würden die Pferde sehr alt, ich hatte mir darüber vorher keine Gedanken gemacht. Erst am späten Abend, kurz vor dem Einschlafen, fiel mir der große Altersunterschied zwischen Max und Moritz, den Pferden, auf. Das konnte doch gar nicht sein, Max und Moritz hatte ich mir immer gleichaltrig vorgestellt, Wilhelm Busch hatte sie zwar als sehr unterschiedliche Typen gezeichnet, den einen dunkel, breit und untersetzt, den anderen schlank, blond und mit spitzer Mähne, aber sie schienen aus einem Jahrgang zu sein.

Ungefähr so wie Dick und Doof. Dick und Doof waren natürlich älter, Erwachsene. Klüger waren sie nicht unbedingt. Über Dick und Doof hatte ich zu Hause im Kino schon zwei Filme gesehen.

Die Pferde zogen also den Mähbinder; manchmal ein Traktor, den sich Onkel Karl vom reichsten Bauern des Dorfes, vom Fiesling Schäkel samt Sohn als Fahrer ausleihen musste. Schäkel ließ Onkel Karl nicht damit fahren, obwohl dieser einen Führerschein besaß.

Natürlich hockten Vetter Rainer und ich auf den beiden blechernen Behelfssitzen, die auf den Schutzblechen der großen Hinterräder angebracht waren. Schäkels Sohn, ein großer, ungeschlachter aber gutmütiger Junge im Alter von zwanzig Jahren, hatte nichts dagegen. Er unterhielt sich gern mit uns, vor allem, weil er uns abenteuerliche Geschichten seiner Erlebnisse mit Mädchen erzählen konnte. Wir lauschten mit roten Ohren, während der Traktor laut brummte und tuckerte und wir manchmal kaum etwas verstanden. Er murmelte auch, es gäbe ein Lied vom Mann mit der Banane, der damit Frauen anlockte, was wir aus anderen Gründen nicht verstanden. Aber es ging um eine heiße Sache, das wussten wir. Heiß war es vor allem unter dem Blechdach des Traktors, von vorn wehte uns die Hitze des Motors an, Schäkels Sohn schwitzte weidlich in seinem nicht gerade frisch gewaschenem Unterhemd. Die Sonne schien unbarmherzig, denn möglichst bei solchem Wetter wurde das Getreide geschnitten. Staub wirbelte auf, unser Fahrer hatte die Frontscheibe nach vorn umgelegt, um etwas Luft hinein zu lassen. Hinter uns drehten sich die großen Greifer des Mähbinders, mit denen er das Getreide in sein inneres Schneidewerk hineinholte und dann nach hinten, in Garben gebunden, wieder hinauswarf. Onkel Karl und die beiden älteren Kusinen rafften die Halme auf und bauten damit die Strohdocken. „Korn ist das!", rief Onkel Karl mir zu, „ohne Korn kein Leben, merk dir das!" Rainer zog die Augenbrauen hoch, er musste häufiger die Belehrungen seines Vaters aushalten als ich. „Korn ist bei uns Roggen", sagte er.

Die Stoppeln waren ziemlich kurz und hart, man musste gute Schuhe tragen, damit einem nicht die Knöchel und die Beine zerschnitten wurden. Tage oder Wochen später, wenn die Getreidehalme trocken waren, wurden sie mit Forken auf Leiterwagen geworfen und kunstvoll aufgeschichtet. Hierbei mussten mindestens drei Leute arbeiten, einer führte das Pferd oder fuhr den Traktor (ein Jahr später, als Onkel Karl einen eigenen Trecker besaß, einen lufgekühlten grünen Deutz-Diesel, durfte mein Vetter das, ich zu meinem Leidwesen nicht), der Onkel warf die Garben hoch, und eine der älteren Kusinen schichtete die Packen auf, wanderte mit ihnen nach oben, bis der Wagen hoch beladen war. Sie blieb dort, bis der Wagen den Hof erreicht hatte und man eine Leiter anstellte. Waren die Felder abgeerntet, wurde die Dreschmaschine bestellt, noch längst hatten nicht alle Bauern ein eigenes Gerät. Helfer wurden verständigt, am

Dreschtag mussten alle, auch wir, mit anpacken. Eine der älteren Kusinen lief mit mir von Hof zu Hof, um die Hilfe zu erbitten. Sie sprach dabei mit den Leuten Plattdeutsch, ich verstand kein Wort.

Der Dreschtag war ein staubiger, schweißtreibender Tag, der am Abend viele Stullen und noch mehr Bier nötig machte. Wir Jungen, die wir auch fleißig gewesen waren, bekamen so viel Sinalco, wie wir wollten.

Mein Vetter hatte bereits einen Drachen aus dicken Leisten und Packpapier gebaut, der fast so groß war wie wir und den wir ‚Oma' nannten, weil er behäbig und langsam stieg, nicht allzu hoch hinauf wollte, denn wir hatten nicht genug Leine, die stark genug war, um die Spannung auszuhalten. Unsere Drachen besaßen alle die konventionelle Form, zwei umgekehrt aufeinander gesetzte Dreiecke, oben das kleinere, durch das Kreuz zweier Stangen und den über die vier Enden gespannten Bindfaden gehalten. Am Morgen ließen wir die Oma hinauf, banden die Leine an den Zaun und vergaßen sie, die dann tagsüber wie eine zusätzliche Sonne am Dorfhimmel stand. Die Oma wurde fast zu einem Wahrzeichen des Ortes, und viele Jungen bewunderten uns. Eines Tages hatte der Wind unmerklich so zugenommen, dass wir die Oma am Abend nicht wieder auf die Erde bekamen. Wir machten uns Sorgen, die Leine würde reißen, aber wir hatten einfach nicht genügend Kraft. Erst als der Großonkel, der sich vorwiegend um die große, freilaufende Hühnerschar und das Eieraufsammeln kümmerte, sich Handschuhe anzog, gelang es uns zu dritt, die Leine einzuholen. Das würde mir zu Hause niemand glauben, dachte ich.

Rainer hatte eine neue Idee. Er wollte ein kleines wendiges Ding bauen und endlich einmal genügend Schnur, alles, was sich auf dem Hof finden ließ, zusammenknüpfen. Das würde eine Rakete werden, die wir bis übers Nachbardorf steigen lassen würden, wo die dortigen Jungen grün vor Neid werden sollten. Wo aber bekamen wir so viel Schnur her? Kaufen? Dafür hätten wir unser Taschengeld für den ganzen Monat opfern müssen, wozu wir aber nicht bereit waren, denn Kaugummi (mit Fußballerbildern), Sinalco und Frigeo-Brausewürfel brauchten wir dringend, außerdem sollte in der nächsten Woche im Saal der Kneipe der Film ‚Sterne über Colombo' mit Kristina Söderbaum gezeigt werden. Die Erwachsenen sagten, sie sei die Heulsuse des dritten Reiches gewesen, aber das verstanden wir nicht. Wir wollten ins Kino, egal was gespielt wurde.

Die Schnur vom Mähbinder! Jede Rolle sollte 2000 Meter lang sein. Zwei Kilometer. Wahnsinn! Schnell und routiniert bauten wir den Drachen aus unregelmäßigen Leisten (wir fanden nie genügend von der gleichen Dicke), grobem Packpapier und Kartoffelleim zusammen. Es wurde wirklich ein kleines wendiges Ding, das ich nicht einmal hochzuhalten brauchte, während Rainer anlief und mit unserer normalen Leine zog. Der Drache stieg gleichmäßig leicht und majestätisch in die Höhe. Er reagierte sehr schnell, wenn wir Leine gaben oder zogen. Lief einer von uns ein Stück, schoss er geradezu in die Höhe, als wolle er sonstwo hin, wenn er nicht an der Leine gewesen wäre.

Heutzutage sieht man im Sommer auf den weniger gewordenen gelbstoppeligen Feldern meist große gepresste Strohballen, runde Rollen oder eckige Quader verstreut liegen, die von Mähdreschern, die ein Mensch allein bedienen kann, ausgeworfen werden. Sie sind mit ähnlich dickem Garn umwickelt wie früher die Getreidegarben. Wenn das Stroh trocken ist, wird es vom Landwirt auf seinem Traktor mit einer Spezialvorrichtung, die die Ballen in den Anhänger wirft, abgeholt.

Unauffällig schlichen wir zur Kammer, wo das Mähbindergarn aufbewahrt wurde. Etliche Rollen waren da aufgestapelt, unsere Augen wurden groß, als wir ausrechneten, dass dort über 20.000 Meter lagerten. Doch eine Rolle würde reichen. Mit dem Drachen und dem Garn unter dem Arm liefen wir zum nächsten brauchbaren Stoppelfeld, konnten es kaum erwarten. Wir rollten fünfzig Meter ab, ich hielt den Flieger hoch, Rainer lief gegen den Wind. Langsam und schwerfällig, unwillig, torkelte unser Fluggerät wie beim misslungenen Start einer V2 (das war eine der Naziraketen, mit denen Industriestädte und die Zivilbevölkerung in England während des Krieges beschossen worden waren) einige Meter in die Höhe. „Schneller!", schrie ich. Rainer beschleunigte mit aller Kraft, wieder bemühte sich der Windvogel um einige Meter. Unser flottes Ding war nicht wiederzuerkennen. Dann war das Feld zu Ende, Rainer stoppte. Der Drache kam sofort herunter, legte sich müde auf die Stoppeln. Er war nicht einmal so hoch gestiegen, wie es eine unserer kürzeren Leinen zugelassen hätte.

Das Garn war zu schwer! Nachdem wir uns ein wenig von unserer Enttäuschung erholt hatten, brachten wir die Mähbinderrolle genau so heimlich zurück, wie wir sie geholt hatten. Anschließend griff Plan B: Wir sammelten alle dünneren Leinen, derer wir habhaft werden konnten. Die Leine von der ‚Oma', die ausnahmsweise am Boden bleiben musste, die Leine von einem älteren Drachen, den Rainer noch vom vorigen Jahr besaß, einige Schnurstücke, die wir in den Ställen fanden. Zum Schluss pumpten wir Tante Gertrud an, die ihren Bindfaden aus der Küchenschublade opferte. Dann warfen wir etwas Geld zusammen, ich radelte schnell zum Laden, um wenigstens eine Rolle Bindfaden zu kaufen. Als ich zurückkam, hatte Rainer bereits alles aneinandergeknotet, schnell wickelten wir die gekaufte Rolle dazu. Ein erkleckliches Knäuel kam zusammen, der Stab mit dem aufgewickelten Garn wog schwer in unseren Händen.

Zweiter Versuch. „Jetzt!", ich warf den Drachen hoch, Rainer lief, was seine Beine und die Lunge hergaben. Herrlich! Wie eine Eins stieg unser Vogel hoch, brauchte nicht einmal die volle Länge des Feldes. Ich schloss auf, und abwechselnd ließen wir die Schnur abrollen, die zwar auch durchhing, den Drachen aber nicht behinderte, der unaufhaltsam stieg, bis alle Schnur abgewickelt war. „Der ist bestimmt über dem Nachbardorf", meinte Rainer. Ich nickte, blickte hoch. Gemeinsam bewunderten wir unser Werk. Bei besonders starken Böen gingen wir vor, gaben ein wenig nach, der Drache ging aus dem Wind und verlor an Höhe, danach schritten wir langsam wieder zurück und zogen ihn erneut hoch. Aus Papierfetzen rissen wir kleine Botschaften, die vom Wind an der Schnur entlang noch oben gedrückt wurden. Immer wieder schauten wir nach oben. „Das ist die Sache!" meinte Rainer stolz, ich nickte stumm.

Einige Zeit später, als ich den Drachen hielt, gab es plötzlich einen Ruck. Mit einem Schlag war kein Druck mehr auf der Leine. Ungläubig starrte ich auf den Holzstab in meiner Hand, während Rainer aufgeregt nach oben wies. Wie ein im Herbstwind torkelndes Blatt, mit leichten Bewegungen, so, als nicke er uns zu oder wolle uns etwas mitteilen, schaukelte der Drache langsam, aber unaufhaltsam nach unten. Machtlos und sprachlos schauten wir zu. Dann verschwand er hinter einigen Bäumen und war weg. Die Schnur hatte sich lautlos über Felder und Zäune gelegt. Wie wir später feststellen sollten, sogar über ein Haus.

„Mist, Mist, Mist!", schimpfte Rainer. Ich dachte an die kostbare Schnur. Einige Minuten verharrten wir unschlüssig, dann setzten wir uns wortlos in Bewegung. Der Leine nach! Einer wickelte, der andere versuchte, sie vorsichtig aus

Kohlstrünken, Hecken und Zäunen zu befreien. Über Felder und Weiden wanderten wir, überstiegen Zäune, umgingen Ställe. Als wir zu einer riesigen Kastanie kamen, war erst einmal Schluss. Die Schnur saß oben im Baum fest. Alles Rucken und Ziehen nutzte nichts, schließlich riss das Band. Der erste Verlust. Wir machten hinter dem Baum weiter, erreichten vor einem Bauernhof die Ortsgrenze. Die Schnur lief über das Wohngebäude, ließ sich aber mit einiger Mühe über den First zur Seite abziehen. Es war wohl niemand da, denn wir wurden nicht gestört. Weiter ging es durch den Garten und über einen schmalen Feldweg neben einem Getreidefeld. Der Drache hatte wirklich über dem Nachbardorf geschwebt! Wie hoch er wohl gewesen sein mochte? Ein Brüllen riss uns aus unseren Überlegungen. Wir befanden uns auf einem weiteren Hofgelände, eifrig wickelnd, als uns der Bauer erwischte. Viel Gerede wurde nicht gemacht, die Lautstärke war deutlich, wir zogen uns zurück, das heißt, wir rannten so schnell wir konnten, und ließen Schnur Schnur sein. Einen großen Teil mussten wir aufgeben, damit war unser altes Problem mit aller Macht wieder da.

„Und der Drache ist auch weg!", sagte ich traurig.

„Och, das macht nichts, wir bauen morgen einen neuen", sagte Rainer, der bei diesen Dingen eine unermüdliche Energie zeigte, „aber wo kriegen wir Band her?"

Wir saßen am Abendbrottisch, als der Onkel von draußen kam. „Ich war auf unserer Weide in Oerlingsen", sagte er mit bedeutungsvoller Miene. Oerlingsen war der Nachbarort. Wir schwiegen vorsichtshalber, wussten nie, ob es abends ein Strafgewitter geben würde oder ob der Onkel guter Laune war. In seinen Augen hatten wir meist irgendetwas ausgefressen. „Das ist ungefähr sechs Kilometer weg!", fügte er hinzu. Das hätten wir auch so geschätzt. Wir blickten ihn fragend an. Der Onkel griff in die Seitentasche seiner Joppe und holte ein Stück Packpapier und ein Stückchen Leine hervor, legte beides auf den Tisch.

„Von euch?", fragte er.

Wir nickten, warteten auf das Donnerwetter.

„Alle Achtung!", sagte der Onkel.

Rache ist süß

Willst du mit zur Mühle?" Onkel Karl blickte mich an. Begeistert stimmte ich zu. Eine Mühle! Ich war, knapp zwölf Jahre alt, noch nie in einer Mühle gewesen. Bilder von Windmühlen, wie ich sie von den holländischen Kacheln in unserer Küche kannte, stiegen vor meinen Augen auf. Große, mit Segeln bespannte Flügel drehten sich majestätisch im Wind, ein sich nach oben verjüngendes rundes Gebäude stand mit behäbigem Fuß fest auf der Erde. Und innen drehten sich hölzerne Zahnräder und schwere steinerne Mühlsteine. Aber so richtig wusste ich nicht, wie aus gelben Getreidekörnern plötzlich pulvriges, weißes Mehl werden konnte. Außerdem hatte ich die Mühle in diesem Dorf noch nie gesehen, sie musste wohl weit außerhalb liegen. Das würde sicher eine lange Fahrt mit dem Trecker bedeuten.

Der Deutz-Diesel sprang an. Der Onkel thronte auf dem breiten, gefederten und gepolsterten Sitz in der Mitte, ich kletterte auf einen der harten Notsitze, die auf den Schutzblechen der hinteren Räder befestigt waren. Ich hielt mich gut fest, rechnete immer noch mit einer längeren Fahrt, denn als der Onkel die Straße erreicht hatte, gab er ordentlich Gas. Doch kaum waren wir richtig in Schwung, bog er ab in die Einfahrt zu einem größeren Bauernhof. Weit und breit waren keine Windmühlenflügel zu sehen. Ein gedrungener, vierschrötiger Kerl in zerschlissener Kleidung begrüßte uns. Das war Schäkel, der reichste Bauer des Dorfes.

„Schäkel", stellte er sich mir vor, „Schäkel", zweimal mit großer Betonung. „Wen bringst du denn da mit?" fragte er meinen Onkel. Um selbst eine Antwort zu geben: „Meine Jungs sehen aber anders aus!" Mit anders meinte er, das konnte ich gut heraushören, größer, stärker, gesünder. Ich, das Jüngelchen aus der Stadt, schien ihm wohl zu mickrig zu sein. Dann schnäuzte Schäkel sich, indem er abwechselnd jeweils ein Nasenloch mit dem Zeigefinger zudrückte und durch das andere den Schnodder auf die Erde triefen ließ. Der Onkel ließ sich nichts anmerken, ich wandte mich ab. Danach winkte Schäkel gönnerhaft, wir sollten ihm folgen, und steuerte auf eine große Scheune zu. Immer noch dachte ich, die beiden Erwachsenen hätten irgendetwas zu besprechen, und danach würden wir endlich zur Mühle fahren. Bevor Schäkel die Tür öffnete, fragte ich meinen Onkel, weil mich dieser Zwischenaufenthalt störte: „Wann fahren wir denn zur Mühle?" Beide Bauern brachen in Gelächter aus und schauten mich mitleidig an. Schäkel winkte wieder und führte uns eine lange Holzstiege hinauf. Meine Windflügel verwandelten sich in einen starken Elektromotor und in ein nicht sichtbares Mahlwerk aus Metallwalzen. An der Wand hing eine Schalttafel mit roten und grünen Knöpfen und Hebeln. Schäkel hantierte an ihnen herum, der Motor und die unsichtbaren Zahnräder und Walzen begannen gewaltig zu rumoren, der Holzboden erzitterte, und dann verschwand Korn durch eine sich auf allen vier Seiten zur Mitte hin verjüngende Luke, die aussah wie eine große Kaffeemühle, um im Erdgeschoss in einer großen Kiste als Mehl anzukommen. „So ist das mit der Mühle!" grunzte Schäkel. Und dann furzte er, dass die Dielenbretter dröhnten, fast wurden die Geräusche des Mahlwerkes übertönt. Eine Meisterleistung, dachte ich widerwillig anerkennend, sowohl was die Lautstärke als auch die Dauer betraf. Schäkel furzte, als sei ein Unwetter über das Dorf hereingebrochen. Das mit dem

Schnodder hätte mir schon gereicht, abgesehen von seiner Hochnäsigkeit. Latein kann der sicher nicht, dachte ich. Diese Meisterleistung brauchte eine Korrektur. Piefke, dachte ich, du alter Piefke! Doch das reichte mir nicht, noch war der Furz stärker. Dann kam ich darauf, den Namen herumzudrehen.

Piefke Lekäsch, das war's!

Als ich den Spitznamen beim Abendessen in größerer Runde ausposaunte, ließ der Onkel beinahe den Löffel in die Suppe fallen. Dass mein Vetter, im selben Alter wie ich und jederzeit zu Schandtaten bereit, darüber lachen würde, war klar. Aber der Onkel? Schließlich handelte es sich um einen Kollegen, dazu noch um den reichsten des Dorfes, bei dem sich viele Bauern, auch mein Onkel, Geräte ausliehen. Schäkel hatte alles, auch die Dreschmaschine.

Der Onkel stand vom Tisch auf und murmelte etwas von Noch-mal-weg-müssen. Kurze Zeit später hörten wir den Deutz anspringen. Mit verdächtiger Eile verschwand das Gefährt in Richtung Dorfkneipe.

Sigrid

Sizilien ist, wie der Schriftsteller Iso Camartin behauptet, der Süden als solcher. Das verweist auf die Hegelsche Philosophie vom ‚Ding an sich'. Der Süden, in den es uns Nordeuropäer so sehr zieht. Die Altvorderen wie Goethe oder Seume der Kunst und Kultur wegen, die meisten Menschen der heutigen Zeit eher, um dort, am Mittelmeer, ihren Urlaub zu verbringen.

Vielleicht bekommen wir eine leise Ahnung von diesen beiden Süden – oder gibt es doch nur ‚den Süden'? – auf dem Tyrrhenischen Meer. Selten kann man so gut träumen wie auf einer Schiffsfahrt von Milazzo zu den Liparischen Inseln, die auch die Äolischen genannt werden. Zu den Isole Eolie o Lipari. Eine Inselgruppe im Norden Siziliens. Benannt nach Aeolos, Äolos oder Aiolos, dem Windgott der Griechen, der mit Eos, der rosenfingrigen Morgenröte, verheiratet war. Den Homer hier ansiedelte, damit er dem Odysseus und seinen Gefährten einen Sack voller günstiger Winde mitgeben konnte. Lasst mich die Klänge hören, die Mörike und Goethe besungen haben, die holden Schreie der Harfen, der Äolsharfen, die lispelnd Lieder, die das Herz sich so mild und weich fühlen lassen.

Diese Dinge und andere gingen mir durch den Kopf, während ich auf dem Achterdeck ausgestreckt auf einer Holzbank lag, sozusagen auf dem Rücken der ‚Simone Martini'. Es wurde klar, was mich zu den Äolischen Inseln getrieben hatte. Lasst mich weiter träumen, ihr Irdischen, der Traum ist das Leben, das Leben ein Traum. Ich bin unterwegs zu den Göttern, vielleicht auch zu den Göttinnen, zu den schönen Schwestern, die Salina oder Panarea, Alicudi oder Filicudi heißen. Auf einem Schiff mit dem poetischen Namen 'Simone Martini'.

Meine Göttin hieß Sigrid. Eine deutsche Göttin konnte nur einen nordisch-germanischen Namen haben. Wie sich alles fügt! Meine Gedanken wanderten zurück vom ersten Jahrzehnt des neuen Jahrtausends in die fünfziger Jahre des vergangenen Jahrhunderts, als ich Kind war auf der Schwelle zum Erwachsenwerden.

Ferien auf dem Bauernhof. Eine Birne war über die blank gebohnerten Fußbodendielen getickt, eine zweite gegen den halb geöffneten Fensterflügel geknallt. Ich sprang aus dem Bett, schaute aus dem Mansardenfenster. Unten stand mein Vetter Rainer, fertig angezogen. Der erhobene Arm mit der nächsten Birne sank: „Los! Steh auf, Sigrid kommt!"

Sigrid. Als ich vor ein paar Tagen auf Onkel Karls Bauernhof angekommen war, um die großen Ferien dort zu verbringen, hatte Rainer beim Abendessen mit geheimnisvoller Miene und roten Ohren von einem Mädchen in Lederhosen erzählt, das Drachen steigen ließ. Wie ein Junge, sagte er, seine Augen glänzten, soll ich sie dir zeigen?

Ein Mädchen in Lederhosen. Das hatte ich ein Jahr zuvor bei uns zu Hause einmal auf der Kirmes gesehen, sie musste in meinem Alter gewesen sein, ungefähr elf oder zwölf Jahre alt, das bedeutete in meinen Augen ziemlich erwachsen. Ein Stich war mir durch die Brust gefahren, ein Mädchen in Lederhosen war etwas Besonderes. Stärker hatte mich das Gesicht fasziniert. Auch sie hatte mich angeblickt, wahrscheinlich hatten wir uns angestarrt, zu lange, das war aufgefallen. Ihr Vater nahm sie bei der Hand, zog sie weg und ging mit ihr in eine andere Richtung. Einmal hatte sie sich im Gehen kurz umgedreht, dann verlor ich sie im Gedränge aus den Augen. Tagelang war ich traurig, weil ich ahnte, dass ich sie nie wiedersehen würde, aber auch, weil ich nicht wusste, was dieser Stich durch die Brust bedeutete. Und jetzt gab es vielleicht solch ein Mädchen hier?

Die Dorfjugend traf sich auf einem Stoppelfeld beim Drachensteigenlassen. Sigrid war da. Als einziges Mädchen zwischen lauter Jungen, die anderen Mädchen trugen weder Lederhosen noch ließen sie Drachen steigen. Sigrid hatte eine Lederhose an wie wir, trug kurz geschnittene Haare, einen Bubikopf, der ihr gut stand, nicht diesen albernen Haarkranz mit Zöpfen, das Schwalbennest. Die anderen Mädchen nannten wir Schicksen.

Sigrid hieß Sigrid.

Das ist sie, sagte Rainer. Sie hatte ein feingeschnittenes Gesicht. Ihr Lächeln wirkte spitzbübisch. Mein Herz begann zu klopfen. Bist du verliebt? fragte Rainer spöttisch, der mich beobachtet hatte. Verliebt zu sein galt nichts in unserem Alter. Wer verliebt schien, wurde von den anderen Jungen ausgelacht. Mein Herz klopfte so stark, dass ich meinte, man müsse es hören können. Hoffentlich war ich nicht rot geworden, das wäre ein Eingeständnis gewesen. Quatsch, sagte ich mit Bestimmtheit. Rainer gab sich zufrieden. Wir beschäftigten uns mit unserem Drachen, unterhielten uns mit anderen Jungen, tauschten die Drachen aus, ich sah Sigrid nur aus der Ferne, irgendwann, ich hatte nicht aufgepasst, war sie verschwunden.

Sie war die Tochter des Dorfschullehrers. An einem der nächsten Tage entdeckten wir, dass sie manchmal im Garten neben der Schule arbeitete, wo die Lehrerfamilie auch wohnte. Deshalb mussten wir häufiger zum Laden als sonst, um Sinalco oder Frigeo-Brausewürfel, auch Wrigley-Kaugummi mit Fußballerbildern, zu besorgen. Wir fuhren mit dem Rad an der Schule vorbei. Rainer klingelte, ich auch, Sigrid sah auf, lächelte uns freundlich zu, winkte. Stolz winkten wir zurück. Sigrid hatte wirklich eine Lederhose an und trug einen Bubikopf, nicht diesen albernen Haarkranz. Nein, das war keine Schickse. Mein Herz klopfte. Sie hatte gewinkt!

Ein großes Problem für uns war das Alter der Mädchen. Sigrid war fünfzehn, ihre Freundinnen sechzehn und siebzehn Jahre alt. Wir zwölf, einer vierzehn. Wir ahnten, dass sie uns für Kinder hielten, was uns beleidigte, denn das waren wir, wie wir meinten, längst nicht mehr. Mädchen interessierten uns sehr, aber weiter wussten wir nicht so richtig. Wie sich herausstellte, waren wir nicht die einzigen, die für Sigrid schwärmten. Da gab es zwei sechzehnjährige Jungen im Dorf, die angeblich mit Sigrid spazieren gegangen waren. Angeblich, betonte Rainer. Die hatten von tollen Formen erzählt und miteinander getuschelt. Rainer hatte nicht alles verstanden.

Sigrid kommt! Schnell war ich angezogen, rannte die Treppe hinunter, stopfte das Hemd erst unten am Treppenabsatz in die Hose. Rainer stand vor der Toreinfahrt auf der Straße und warf mit Steinen nach einem unsichtbaren Ziel. Ich verlangsamte meine Schritte, schlenderte, Hände in den Hosentaschen, langsam zu ihm. Noch nichts zu sehen, meldete er. Sigrid sollte heute morgen zum Milchholen kommen, hatte Rainer von seiner Mutter erfahren. Er begann, auf der anderen Straßenseite die Böschung auf und ab zu springen. Mehrmals hintereinander. Ich wusste auch nichts besseres. So sprangen wir um die Wette. Ab und blickten wir unauffällig die Straße entlang. Es gab keine Frotzeleien, niemand warf dem anderen vor, verliebt zu sein.

Gerade war ich ein Stück weiter gesprungen und wollte meinen Sieg auskosten, als sie fröhlich klingelnd mit ihrem Fahrrad an uns vorbei in die Einfahrt flitzte. Am Lenker klapperte eine leere Blechkanne. Schon war sie im Haus verschwunden. Unschlüssig umkreisten wir das Fahrrad, das am Birnbaum lehnte. Ins Haus trauten wir uns nicht, weil Sigrid sich dort mit der Tante unterhielt. Wir hätten liebend gern mit Sigrid gesprochen, wussten allerdings nicht, was wir mit ihr hätten reden sollen.

„Wir hätten sie am Gepäckträger festhalten sollen!", meinte Rainer. „Hätten, hätten", unkte ich und blickte versonnen auf das Fahrrad. Ich probierte die Klingel aus. Im Haus rührte sich nichts. Rainer ließ die Feder des Gepäckträgers schnacken, ich fummelte am Ventil des Vorderrades herum. Plötzlich entwich mit lautem Pfeifen die Luft. Erschrocken hielt ich inne. Das wollte ich gar nicht, dachte ich, als Sigrid angelaufen kam, die volle Milchkanne in der Hand. Sie trug einen schwarzen, kurzen Rock und eine rote Bluse, die zwei kräftige Wölbungen zeigte. Sie sah auch ohne Lederhose sehr gut aus. Ach, was hieß gut aussehen. Sie war schön, wunderschön!

Als sie den platten Reifen sah, rief sie: „Ihr Dummköppe, was fällt euch ein! Lasst das Rad in Ruh, sonst könnt ihr was erleben!" Verdattert standen wir da. Das war nicht unsere liebe, freundliche Sigrid. Ich hielt das Ventil in der Hand. „Los, pump auf!", fuhr sie mich an. Ich begann zu schwitzen, bevor ich folgsam das Ventil einschraubte und zur Pumpe griff. Währenddessen hatte Rainer die Sprache wiedergefunden und feixte, nun mach mal schön, er plauderte sogar ein wenig mit Sigrid, die nicht mehr böse zu sein schien. Ich konnte dem Gespräch nicht folgen, was redeten die eigentlich, vor allem Walter, meine Ohren dröhnten. Einen halben Meter war ich weiter gesprungen, und dieser Blödmann unterhielt sich jetzt mit Sigrid! Als ich fertig war, prüfte ich fachmännisch, ob der Reifen genug Luft hatte, klemmte die Pumpe fest und richtete mich auf. Sigrid grinste spitzbübisch und sagte: „Danke, das war lieb von dir." Plötzlich strich sie mir übers Haar. Kurz, wie ein Hauch. Da war er wieder, der Stich durch die Brust, jetzt kannte ich ihn schon.

Sigrid hing die Kanne an den Lenker, stieg auf, blickte noch einmal über die Schulter zurück und fuhr ab.

Ein Gefühl durchzog meine Brust, als hätte ich eine Goldmedaille bei den Olympischen Spielen gewonnen. Stolz sah ich Rainer an. „Komm, wir spielen Fußball in der Deele!."

Er folgte mir.

Zweiter Teil
Heinkel-Perlen

Cuba Libre

Manchmal lief er zu Hochform auf. Mit Vorliebe montags, wenn wir Schüler überhaupt nicht dazu aufgelegt waren. Die erste Stunde Mathe. Bei Vatti Hahn. Hahn hieß er wirklich, der Zusatz Vatti kam von seiner Art, uns väterlich zu umgarnen. Der kleine, gedrungene, vital wirkende Mann mit Halbglatze hatte am Schuljahresanfang verkündet, er wolle aus uns Menschen machen. Zunächst waren wir misstrauisch. Wer wusste schon, was er darunter verstand! Es wurde aber nicht allzu schlimm, wenn man davon absah, dass er in seltenen Fällen dazu neigte, dem einen oder anderen die kurzen Härchen vor den Ohren zu zwirbeln. Allerdings nur bei wirklich grottenschlechten Antworten. Aus uns Menschen machen zu wollen bedeutete auch, dass er sich menschlich verhielt. Einmal sagte er, er wisse natürlich nicht, ob sein Wunsch, aus uns Menschen machen zu wollen, neben der Aufgabe, uns Mathematik beibringen zu müssen, überhaupt in Erfüllung gehen würde. Auch nicht, ob das mit der Mathematik klappen würde. Trotzdem wolle er beides versuchen.

Es war wieder einmal Montag. Unser Horchposten an der Tür verkündete die Annäherung des Hahns. Er kam mit viel Schwung in die Klasse, winkte kurz unser Aufstehen ab, hing sein Anzugjackett über die Lehne des Stuhls, der vor dem Lehrertisch stand, stellte sich daneben in Positur, reckte sich, blickte uns kampfeslustig an, steckte beide Daumen hinter seine Hosenträger, zog sie nach vorn und ließ sie laut und deutlich schnacken. Zwei Mal. Dann verkündete er, der Hahn sei heute sehr früh aufgestanden! Wir merkten es. Er war mal wieder in Hochform und hielt uns die ganze Stunde auf Trab. Als er die Klasse verließ, murmelte er, gut verständlich, jetzt seien unsere Kreisläufe ja wohl für Latein und was da sonst noch komme, in Form.

So war es.

Hinter mir und meinem Nebenmann hockten Friedhelm Enders und Uwe Grönebaum vor ihrem Tisch. Das heißt, sie versuchten, dort einigermaßen vernünftig zu sitzen, was seit einiger Zeit nicht mehr möglich war, weil das Eisengestell des Tisches an zwei Stellen angebrochen war und ein Bein nachzugeben begann, sodass eine schiefe Ebene entstanden war und der lange Enders kaum noch seine Beine unter die Platte bekam. Wir hatten das Vatti, der unser Klassenlehrer war, gemeldet. Er hatte die Sache begutachtet und versprochen, es dem Hausmeister zu stecken. Aber nichts geschah. Dann hatten wir nach einigen Wochen unseren Klassensprecher zum Direx geschickt, um das Maleur bekannt zu geben. Wir wollten vor allem vermeiden, dass Enders und Grönebaum für den Schaden verantwortlich gemacht werden würden. Nichts geschah. Der Hausmeister, den wir in der Pause einmal direkt ansprachen, versprach sich zu kümmern. Nichts geschah.

Es nahten die Ferien und damit die Zeugnisausgabe. Der letzte Schultag, dem wir mit gemischten Gefühlen entgegensahen. Gut war, dass es Ferien gab, doch fielen sicherlich nicht alle Zensuren zur Freude insbesondere der Eltern aus. Der Unterricht am letzten Tag war locker oder konnte gar nicht mehr so genannt werden. Auch die Lehrer hatten keine Lust mehr. Der Tisch war immer noch kaputt.

Vielleicht lag es an unserer guten Laune, möglicherweise an unserer sich langsam entwickelnder Kritikfähigkeit: als eine Stunde ganz ausfiel und man uns sagte, wir sollten uns bis zur Zeugnisausgabe ruhig verhalten, kamen wir auf eine Idee. Vier Mann packten den derangierten Tisch, die anderen reihten sich dahinter ein, wir wanderten aus dem Klassenraum hinaus, durch den langen Flur zum Ausgang, über den Schulhof auf die Straße. Er kenne eine Werkstatt, hatte Klaus Horberg gesagt. Er ging vorweg. Unsere leichte Marschbewegung verlockte zum Singen. Vielleicht nutzen wir das Singen eher wie das Pfeifen im Walde, um uns Mut zu machen. Mit einem Bein auf dem Bordstein, mit dem anderen auf der Straße zu marschieren, hatten wir schon einmal auf einer Klassenfahrt geübt. Also los, durch die Stadt. Die Leute schauten etwas seltsam, sagten aber nichts. Ob es Fitti Thiele war oder wer, vermag ich nicht mehr zu sagen, jedenfalls fing einer an, das Lied vom Negeraufstand in Kuba zu singen. Nach heutigen Maßstäben ein rassistisches und diskriminierendes Lied. Das wussten wir damals nicht, uns machten der Text und die einfache Melodie einfach Spaß. Außerdem fanden wir das Lied besser als das von der braunen Maid oder dem Hamburger Viermaster.

„Negeraufstand in Kuba,
Schüsse gellen durch die Nacht,
Menschen werden abgeschlachtet
und die Todestrommel kracht!
Umba umbaassa, umba umbaassa, umba äh oh äh oh äh,
Umba umbaassa, umba umbaassa, umba äh oh äh oh äh."

Besonders der Refrain ließ uns laut grölen. Es folgten drei oder vier weitere Strophen mit fürchterlichen Texten. In einem schlachtete der Negerhäuptling sogar einen Säugling, klar, das musste sich ja reimen! Dass vier Jahre später Fidel

Castro und Che Guevara mit ihren Leuten die brutale, von den USA gedeckte Batista-Diktatur in Kuba beseitigen würden, ahnte niemand. Wir wussten nichts von diesen Leuten und Kuba, einem Land, das im Erdkundeunterricht nicht vorgekommen war.

So kamen wir zur Werkstatt und unsere vier Träger setzten den Tisch ab. Die Mechaniker sahen sich das Ding an, nickten und meinten, in zwei Wochen sei der Tisch fertig. Rechnung an die Schule, sagte unser Klassensprecher. Ja klar, meinten die Werkstattleute.

Wir wanderten zurück, jetzt kleinlauter und leiser.

Das Donnerwetter ließ nicht lange auf sich warten. Irgendwie war die Aktion wohl zur Schulleitung durchgedrungen, außerdem hatte man uns nicht in unserem Raum angetroffen. Vatti Hahn rauschte in die Klasse und ließ eine fürchterliche Schimpfkanonade los. Von Disziplinarverfahren, Schulverweisen, Nichtversetzungen war die Rede. Und überhaupt, seine ganze Pädagogik, mit der er ja Menschen aus uns zu machen versprochen hatte, sei konterkariert worden. Konterkariert, sagte er. Ein Wort, das wir noch nie gehört hatten. Wir ahnten die Bedeutung allerdings, lernten ja Latein. Und die Zeugnisse gebe es zur Strafe nicht. Sagte es und verließ den Schulraum, wobei wir im letzten Moment bei ihm ein leichtes Grinsen, das er sich nicht verkneifen konnte, festzustellen glaubten.

Man ließ uns zwei Stunden lang schmoren. Einige von uns begannen unruhig zu werden. Mein Vater ist Jurist, sagte einer, wir haben einen guten Rechtsanwalt, ein anderer. Dann kam Vatti erneut herein, die Zeugnisse unter dem Arm. Er verteilte sie wortlos. Ihr habt das gar nicht verdient, sagte er, haut bloß ab! Das ließen wir uns nicht zwei Mal sagen.

Nach den Ferien entdeckten wir den geschweißten Tisch in der hintersten Reihe. Geht doch, erklärte der lange Enders und verstaute seine Beine unter der Platte. Negeraufstand, murmelte Uwe Grönebaum und wippte mit dem Stuhl. Mach den bloß nicht auch noch kaputt, meinte unser Klassensprecher.

Mathe hatten wir nach dem neuen Stundenplan jetzt mittwochs in der Dritten. Der Hahn kam rein, rief dem am nächsten Sitzenden zu, er solle die Tür aufhalten, schnappte sich einen Stuhl, lief hinaus und kam, den Stuhl mit der Lehne nach vorn unter sich, wieder hereingeritten.

„Damit ihr nicht meint, der Hahn sei flügellahm!"

Manchmal lief er zu Höchstform auf, auch am Mittwoch in der Dritten.

Heinkel-Perlen

Hase Boris und Kizza waren unzertrennlich. Sie wurden meist in einem Atemzug genannt. Häufig, wenn sie etwas ausgefressen hatten. Das hieß, wenn sie nach Meinung der Bewohner unseres Wohnviertels etwas getan hatten, was man nicht tat. Öffentlich getan hatten, was man eben, wenn es nicht anders ging, heimlich tat.

Die beiden kräftig gebauten Jungen, um die zwanzig Jahre alt, kümmerten sich nicht darum. Kizza sollte, so wurde gemunkelt, schon einmal gesessen haben. Man hatte ihn sechs Monate lang nicht gesehen – und in Mallorca war der sicher nicht gewesen. Weswegen sie ihn eingebuchtet hatten, wusste keiner genau; wahrscheinlich ein Bruch, sagten einige, die vorgaben sich auszukennen. Sonst hätte man nämlich den Begriff Einbruch benutzt.

Es war Ende der fünfziger Jahre, zwischen Rock'n'Roll und Beatles. Oldtime-Jazz mit Louis Armstrong und Ella Fitzgerald wurden entdeckt, Chris Barber und Monty Sunshine kamen mit Sidney Bechets Petite Fleur heraus, was heute noch gespielt wird, sogar vom unverwüstlichen Chris Barber selbst. Die Jugend stand damals auf Little Richard, Bill Haley, Harry Belafonte, Elvis und Pat Boone, weniger auf Rosenresli und dem Kleinen Schwalbenpaar. Die alten Schnulzen aus der Nazizeit von Zarah Leander und Lale Andersen, vor allem das unsägliche Lied von der Laterne (...steht sie noch davor...), wurden nur von den unverbesserlichen Alten weiterhin mit verklärtem Gesicht gehört. Wir bedauerten eher den armen Hund, der sein Liebchen verlassen und wieder in die Kaserne zurück musste, um dann an der Front für Führer, Volk und Vaterland sein Leben im russischen Schlamm zu lassen.

Dass Sidney Bechet sein Petite Fleur zu der Zeit in Paris erstmals gespielt hatte, wussten wir nicht. Außerdem gab es Nietenhosen, die später Jeans heißen sollten. Wir fanden längst nicht alles schlecht, was aus den USA kam. Schwarz-Weiß-Fernseher setzten sich langsam durch, längst hatten noch nicht alle Familien einen; zur Übertragung von Fußballspielen ging man in die Eckkneipe, eine Sitte, die heute unter dem Begriff Public Viewing wieder auferstanden ist. Die alten Fernseher thronten in den Kneipen in einem Winkel, ziemlich hoch angebracht, auf einem dreieckigen Brett. Dort verfolgten wir die Fußballweltmeisterschaft von 1954 in Bern, die dank der Leistungen des Stürmers Helmut Rahn aus Essen und des Torwarts Toni Turek aus Düsseldorf knapp gewonnen werden konnte (Natürlich haben auch die anderen gut gespielt!).

Hase Boris und Kizza fuhren beide eine Heinkel-Perle. Hase eine grüne, Kizza eine schwarze. Auf die Lampe hatte er einen kleinen Totenkopf montiert. Heinkel-Perlen waren die schnittigsten und schnellsten, man merkte an den Mopeds die Hand des Flugzeugbauers. Die Perlen hatten einen besseren Ruf als die späteren Kreidler; etliche Motorroller der Marke Heinkel-Tourist rollten neben den italienischen Vespas und Lambrettas durch die junge deutsche Bundesrepublik, deren Bewohner sich in den fünfziger Jahren noch nicht alle ein Auto, was meist hieß, einen VW-Käfer, leisten konnten. Es gab auch die berühmten Kabinenroller von Heinkel (die Firma hatte während des Krieges Flugzeuge für die Nazis gebaut, auch den ersten zweistraligen Düsenjäger). Die NSU-Quickly war das billigste Moped und wurde gern von Familienvätern gekauft. Die Zündapp-Combinette lag so dazwischen, ein Vetter besaß eine und ließ mich, nachdem ich sechzehn Jahre alt geworden war, ab und zu mal fahren. Doch mein Traum war die Heinkel-Perle. Die einzigen, die in unserem Dorf eine Heinkel-Perle besaßen, waren Hase Boris und Kizza. Sie konnten sich das leisten, Hase schuftete als Maurer und Kizza arbeitete als Handlanger, wenn er mal arbeitete. Das tat er meist nur, wenn man ihm das Moped stillgelegt hätte, weil er den Versicherungsbetrag nicht gezahlt hatte.

Eines Tages schien das Schicksal meinen Wünschen entgegen kommen zu wollen. Meine Eltern schafften sich ein Auto an, einen Ford 17 M mit Heckflossen. Vorbild waren natürlich die Autos in den USA. Der Wagen brauchte eine Garage. Die konnte soeben noch auf unserem Grundstück an das Wohnhaus angebaut werden. Das meiste Geld war für das Auto draufgegangen, die Frage war jetzt, wie man die Garage günstig hinkriegen würde. So genannte Hohlblocksteine und alte Balken waren vorhanden, doch wer sollte die Mauern hochziehen? Mutter Boris hatte sich bei etlichen Familien im Dorf als Putzhilfe verdingt, so auch bei uns. Sie erzählte sämtliche Neuigkeiten aus den anderen Familien, bis uns aufging, dass sie wahrscheinlich auch alles über uns bei den anderen erzählte. Wie dem auch sei, sie bekam die Probleme mit und brachte das Gespräch auf ihren Sohn. Der sei ja Maurer. Und samstags und sonntags hätte der Zeit. Wie sich noch zeigen würde, irrte sich Mutter Boris dabei etwas. Nun, so wurde ihr aufgetragen, ihr Sohn solle dann mal am nächsten Samstag antanzen. Hase Boris kam, zwar erst am übernächsten Samstag, aber zusammen mit Kizza. Das sei sein Helfer, der könne das auch, sie würden eh alles zusammen machen.

Also wurden die beiden engagiert, die Garage zu bauen. Sie fingen auch zwei Wochen später an, es zeigten sich die

Grundmauern und auch der eine oder andere Hohlblockstein gab bereits die Linie an, wo später einmal die Längswand stehen sollte. Es sollte sich als sehr günstig erweisen, dass die Garage nur eine Wand besaß; zur anderen Seite wurde sie an das Haus angebaut, vorn und hinten kamen Tore hinein. So musste relativ wenig gemauert werden und die Sache hätte sehr schnell fertig werden können. Aber Mutter Boris und wir mit ihr hatten nicht bedacht, dass Hase Boris und Kizza an den Wochenenden gern Ausflüge in die Umgebung machten, mit Vorliebe in Ortschaften, wo irgendwelche Festlichkeiten stattfanden und Mädchen auf junge Burschen warteten. Ihr bevorzugtes Ziel aber war die holländische Stadt Venlo an der Grenze, wo nach ihren abenteuerlichen Erzählungen die Mädchen Schlange standen, um auf deutsche Rockerbubis zu warten. Die holländischen Jungs seien Krampen, erzählten sie. Was wohl nicht so ganz der Wahrheit entsprach, wie wir feststellen konnten, als die Beiden einmal mit viel Schrammen und einem blauen Auge zurückkamen, weil die Venloer Burschen nicht gewillt waren, sich ihre Mädchen von hergefahrenen Deutschen wegnehmen zu lassen, da nützten wohl die Heinkel-Perlen gar nichts. Diese Ausflüge bedeuteten aber, dass Hase Boris und Kizza trotz Absprache am Wochenende oft einfach nicht kamen. Wenn das Wetter schön war und die Sehnsucht nach den Meisjes juckte, rasten die beiden am Samstag mit ihren frisierten Perlen schon früh am Morgen mit siebzig Sachen über die Autobahn. Unsere Baustelle ruhte.

Aber dann hatte ich Glück. Woran es lag, war nicht zu erfahren. Obwohl die Sonne schien, fügten die beiden den Mörtel für unsere Garagenwand zwischen die Steine. Vielleicht hatten sie am Wochenende vorher mal wieder Prügel bezogen, sie schwiegen sich aus. Dass ich mal mit einer der Heinkel-Perlen hätte fahren dürfen, war nicht drin.

Das hatten mir beide eindeutig klar gemacht, die Faust drohend unters Kinn haltend. Ihre Mopeds waren ihnen heilig, und daher sollte schon mal gar nicht so ein Schreibtisch-Jüngsken wie ich, das noch zur Schule ging und wenig Ahnung von den Dingen des Lebens besaß (von Frauen überhaupt nicht, wie sie behaupteten), damit Gas geben. So ganz Unrecht hatten sie nicht, sie waren mir entwicklungs- und erfahrungsmäßig weit voraus. Und theoretisches Wissen zählte bei ihnen vor allem bei diesen Dingen nicht. Hase hatte mir mal unter vier Augen auf den Zahn gefühlt und sich nach meinen Freundinnen erkundigt. Sehr unbequem war seine Frage, wie weit ich denn da schon gekommen sei.

Als Hase Boris oben auf der Mauer saß und Kizza gerade mit einem Mörteltrog die Leiter hinaufstieg, schnappte ich mir Hases Moped. Ich wusste, dass es Ärger geben würde, aber Hase war mir sympathischer als Kizza, der würde vielleicht sofort zuschlagen, mit Hase konnte man schon mal reden. Ich lief an, schwang mich in den Sattel und ließ den ersten Gang einschnacken. Die Maschine murrte ein wenig, dann erstarb der Motor. Ich versuchte es noch einmal, stieg ab, wollte den Motor antreten, als sich zwei Arme um meine Schultern legten und ich weggezerrt wurde. Hase! Kizza schnappte sich das Moped und stellte es wieder an den Zaun. Hase Boris lachte. Keine Ahnung, keine Ahnung! sagte er nur und stieg wieder auf die Mauer. An dem Tag versuchte ich es nicht mehr.

Ein zweiter Versuch klappte. Inzwischen hatte ich herausgekriegt, dass Hase Boris und Kizza die Benzinzufuhr abzustellen pflegten. Wo das Absperrventil saß, wusste ich, das war bei allen Mopeds ähnlich. Der Garagenbau schleppte sich seiner Vollendung entgegen, er war auf vier Wochenenden veranschlagt worden, dauerte aber venlobedingt bereits drei

Monate. Meine Chancen schwanden. Also lauerte ich an einem der letzten Baustellensamstage, an denen unsere Helden die Kelle schwangen, auf eine günstige Gelegenheit. Ventil auf, der Motor sprang an, Gang rein und ab, die Straße runter. Das Geschrei hinter mir ließ mich kalt. Zweiter Gang, die Tachonadel schnellte hoch auf sechzig. Normale Mopeds brachten höchstens vierzig, offiziell war fünfundzwanzig vorgesehen. Die Vibrationen der Maschine gingen wohltuend durch Mark und Bein, ich konnte mir vorstellen, dass man nach achtzig Kilometern Fahrt in Richtung Venlo auf diesen Brummern dringend ein Mädchen brauchte, ob holländisch oder nicht. Ich bog ab. Ein Stück die Hauptstraße hoch bis zur Kreuzung, dann links ein Stück die Landstraße, dann wieder links ab in unsere Straße. Ich wollte es nicht übertreiben. Hase Boris und Kizza standen wie zwei Zerberusse auf der Straße und bildeten die Meeresenge von Messina. Ich geriet sozusagen zwischen Scilla und Charybdis, wie es bei uns im Lateinunterricht geheißen hatte, als wir eine Geschichte über Odysseus' Irrfahrten übersetzen mussten, zwischen die beiden Ungeheuer, die in der Meeresenge allen Schiffern das Leben schwer machten oder nahmen. Die Bildung nützte mir jetzt nicht. Bevor ich die Fahrt verringern und das Moped wieder ordnungsgemäß am Zaun vertäuen konnte, wie ich es mir vorgenommen hatte, pflückten mich die beiden einfach von der Maschine. Einer fing mich auf, der andere das Moped.

Schluss hier! fauchte Hase, mach dich nicht unbeliebt. Dann fuhr er los und holte sich ein Kettenschloss von zu Hause.

Die Garage wurde im Sommer fertig, sodass das kostbare Auto Herbst und Winter unter Dach und Fach verbringen konnte. Zum Richtfest kamen die Maurer pünktlich und beteiligten sich rege an der Biervernichtung. Die Mopeds standen traulich vereint am Zaun, unerreichbar für mich, abgeschlossen, denn auch Kizza hatte sich, wie auch immer, gekauft hatte er es bestimmt nicht, ein Schloss besorgt. Hase Boris und Kizza machten nämlich immer alles zusammen.

Der intelligente Sprung

Es war die Zeit, als Aki Schmidt unseren Dorfverein innerhalb von zwei Jahren von der zweiten Kreisklasse in die Bezirksliga schoss. Als nächstes wäre die Westfalenliga drangekommen. Doch da meldete sich Borussia Dortmund, und Aki war weg. Bei Borussia machte er Karriere, fuhr 1958 mit der Nationalmannschaft zur Weltmeisterschaft nach Schweden und wurde später Mannschaftskapitän. Nachdem Aki weg war, stieg unser Dorfverein genau so schnell wieder ab, wie er aufgestiegen war. Leider nützte auch Hupper Landskröners Schwerstarbeit in der Verteidigung nichts. Flasche schoss weiterhin seine Kerzen, das fiel jetzt wieder schwerer ins Gewicht.

Es ergab sich ein anderer Grund, auf den Platz zu gehen. Der Hund. Unser Boxer. Bolko von Henkenberg, der einzige Adelige in der Familie, besaß eine schöne, gleichmäßige Zeichnung, einen weißen Brustkorb, vier weiße Pfoten und rechts und links einen weißen Schimmer an der Schnauze, der fast wie ein Bart wirkte. Das kurze Fell war kräftig rotgelb. Er war volljährig, das heißt ausgewachsen, wie uns Experten erklärten. Er müsse zur Dressur. Das Tier gehorchte an sich sehr gut, aber das sei nicht alles. Also nahmen wir Kontakt zum örtlichen Hundeverein auf. Der trainierte seine Tiere am Rand des Fußballplatzes, der an der B 236 zwischen Lünen und Letmathe, genauer gesagt zwischen Hörde und Schwerte lag, und unterhielt dort mehrere Zwinger und ein kleines Klubheim, in dem man bei Regenwetter eng zusammenhocken und Bier trinken konnte.

Eine der wichtigsten Grundübungen gefiel unserem Hund überhaupt nicht. Er verweigerte sie erfolgreich. Die Schäferhunde konnten das: ein bis zwei Stunden am anderen Ende des Fußballplatzes auf Kommando liegen bleiben und sich nicht rühren, egal was Herrchen machte. Die soziale Ader unseres Hundes war so stark entwickelt, dass er das höchstens fünf Minuten aushielt (wahrscheinlich leuchtete ihm der Sinn der Übung ebenso wenig ein wie uns), danach gesellte er sich wieder zu den Menschen und anderen Hunden. Dort fühlte er sich wohl.

Ganz anders, wenn es auf den Mann ging. Der Mann, der sich im speziell gefütterten Ledermantel dafür zur Verfügung stellte, konnte den Umhang kaum so schnell anziehen, wie ihm der sonst so gutmütige Boxer am Arm hing. Sich herumschleudern, alles mit sich machen ließ, aber nicht nachgab. Ganz anders als die Schäferhunde, die kurz zubissen, zurücksprangen, Abstand nahmen, den vermeintlichen Gegner verbellten und auf das Kommando ‚Aus' ihrer Herrchen warteten. Für unseren Hund schien das ein großartiges Spiel zu sein, das er freiwillig nicht aufgeben mochte. Erst mehrere laute Befehle konnten ihn zum zögerlichen Nachlassen seiner Beißtätigkeit bewegen. Wir zerrten ihn dann an der Leine fort, wobei er sich mehrmals um drehte, knurrte und sofort wieder auf den Mann gesprungen wäre, wenn wir ihn nicht festgehalten hätten. Der Trainer wischte sich den Schweiß von der Stirn und zog den Mantel erst im sicheren Klubheim (unsichtbar für den Hund) aus. Den Job könne eigentlich auch mal ein anderer übernehmen, meinte er später beim Bier, während ihm der Boxer freundschaftlich die Pfote aufs Knie legte. „Ist das derselbe Hund?", fragte der Mann, als er wieder lächeln konnte.

Dieser andere Hund tat nichts lieber als mit uns im Schwerter Wald spazieren zu gehen. Damals durfte man Hunde noch ohne Leine laufen lassen. Der Boxer machte alle Wege doppelt und dreifach, schleuderte ab und zu den Seiber, der sich zwischen seinen schwarzen Lefzen gebildet hatte, zur Seite. Diesen Geschossen musste man möglichst ausweichen. Die schmale Landstraße zwischen Hörde, wo noch der Hochofen arbeitete und die Schlote des ‚Phönix' dampften, und Schwerte, das über den Berg im Ruhrtal vor sich hin schlief, diese Straße konnten wir gefahrlos überqueren, da sich der Autoverkehr in Grenzen hielt. Das hat sich gewaltig verändert. Für unser Dorf musste eine untertunnelte Umgehungsstraße gebaut werden, trotzdem ist der Autoverkehr überall präsent, und weil manchmal große Hunde kleine Kinder beißen, müssen die Tiere heute Maulkörbe tragen. Das hätten wir bei unserem Boxer nicht geschafft – ihm einen Maulkorb anzulegen! Wo er doch die Kinder mochte und sie morgens am Gartentor begrüßte, wenn sie zur Schule gingen.

Eine weitere der angeblich wichtigen Übungen für die Hunde bestand darin, über eine drei Meter breite und zwei Meter hohe Bretterwand zu springen, um einen falschen Knochen, der darüber geworfen wurde, zu holen. Die Schäferhunde machten das mit Begeisterung. Quälten sich mit den Vorderpfoten bis zur oberen Kante der Wand, zogen sich hoch und drückten sich mit den Hinterpfoten ab, um auf der anderen Seite hinunter zu springen. Sie schnappten sich den Knochen, liefen auf dem Rückweg an der Wand vorbei. Das genügte den Experten. Nur Cora, die klügste und beste Schäferhündin, wie es hieß, sprang auch zurück über das Hindernis. Vielleicht machte es ihr Spaß. Unser Hund schaute sich das an, schien zu überlegen, ging dann lieber an der Wand vorbei, nahm den falschen Knochen (auch noch einen falschen, muss er gedacht haben) und legte ihn unwillig vor unsere Füße. Wahrscheinlich war es nur seiner Gutmütigkeit zu verdanken, dass er sich mit diesem Kunststoffding überhaupt beschäftigte. Das schien kein vernünftiges Spiel für einen Boxer zu sein. Es gelang weder uns noch den anderen Vereinsmitgliedern, ihn über die Bretterwand zu bekommen.

Da mit der Zeit im Verein der Bierkonsum stieg, unser Hund und wir uns zunehmend langweilten und er nun wirklich nicht über die Bretterwand wollte, befreiten wir ihn von diesen Zwangsmaßnahmen. Gehorchen tat er ja. Außer es überkam ihn der Schalk. Dann war nichts zu machen. Er hörte auf keinerlei Befehle mehr. Seine Augen blitzten, er sprang fort und lauerte, ließ sich nicht fangen – das war eins seiner Spiele, mit dem er uns zeigte, wer über das Gehorchen entschied.

Erst Jahre später begriff ich, was ich auf dem Hundeplatz gelernt hatte. Dass man Befehlen nicht unbedingt gehorchen sollte und Hindernisse zu umgehen sind. Was auch Aki Schmidt stets beherzigt hatte, wenn er die gegnerischen Verteidiger umdribbelte und den Ball, unhaltbar, in leichtem Bogen in das Tor drosch.

Hein Velten

Vor Hein Velten hatten wir alle Angst. Ein Mitschüler hatte ihn mir einmal aus respektvoller Entfernung gezeigt. Er war klein und gedrungen, nicht viel älter als wir, aber schlagfreudig, wie erzählt wurde. Er brauchte dafür angeblich keinen Grund. Es genügte, dass man ihm entgegenkam. Lass dich bloß nicht von dem erwischen, sagten unsere Eltern, und viele Mitschüler raunten, sie seien ihm soeben noch durch die Flucht in eine Nebenstraße entkommen. Ich war ihm noch nie allein begegnet, glaubte die Geschichte nicht so recht, aber ich würde es ja merken, wenn wir aufeinander träfen. Wir wohnten im Oberdorf, Hein Velten im Unterdorf. Das war klar. Vielleicht aber auch der Grund für seine Schlagwut. Kinder merken sehr früh, was los ist.

Als wir am Konfirmandenunterricht teilnehmen mussten, hätte ich eine Chance gehabt, auf ihn zu stoßen. Doch dort tauchte er nicht auf. Vielleicht war er katholisch oder gar nichts, das gab es auch, war aber damals selten. Sofort zuzuschlagen hätte sich natürlich nicht mit dem christlichen Gebot der Nächstenliebe verstanden. Vielleicht hätte er uns die Entscheidung, ob wir die andere Wange auch hinhalten sollten, einfach abgenommen. So wie ich als Kind überlegt hatte, bei Geburtstagen vom Kuchenteller das größte Stück zu nehmen, da mir die anderen als Christen es eh hätten überlassen müssen…

Erst viel später kreuzten sich unsere Wege. Wir waren um die zwanzig Jahre alt. Es geschah beim Rosenmontagstanz der katholischen Kirche im Gemeindehaus. Vielleicht war Hein Velten doch katholisch? Aber auch ich frequentierte dieses Fest, einfach, weil sonst an diesem Wochenende in unserem Dorf nichts anderes los war und man hoffte, beim Tanzen auf jeden Fall Mädchen kennen zu lernen.

Wir standen plötzlich beim Bierholen an der Theke nebeneinander. Ich wusste sofort, dass er es war. Er rückte bereitwillig zur Seite, begann ein Gespräch und stellte mir dann seine Freundin vor. Ein hübsches Mädchen mit langen schwarzen Haaren, die zu einem Pferdschwanz gebunden waren, und dunklen Augen. Wir prosteten uns zu, dann ging ich langsam wieder zu dem Tisch, an dem ich saß. Hein Velten und seine Freundin blieben mit den Rücken an die Theke gelehnt stehen und beobachteten die Tanzfläche. Ich forderte ein mir unbekanntes Mädchen zum Tanz auf, danach hockte ich mich an meinen Platz, steckte mir eine Zigarette an und trank mein Bier aus.

Mit der Zigarette in der einen und dem leeren Glas in der anderen Hand schlängelte ich mich durch zur Theke. Dabei machte Hein Veltens Freundin eine für mich nicht vorhersehbare Bewegung und ich kam mit der brennenden Zigarette an ihren Rückenausschnitt. Blitzschnell zog ich die Zigarette weg, trat sie aus und fuhr ohne zu überlegen mit einem angefeuchteten Finger über die sich rosa färbenden Stelle. Das Mädchen drehte sich um, Hein Velten begutachtete den Fleck. Jetzt ist es so weit, dachte ich, jetzt beziehst du Prügel – und das vor aller Augen

Hastig entschuldigte ich mich, stotterte herum, schlug vor, ein Pflaster zu holen. Doch beide winkten ab. Nichts geschah. Das Mädchen schien kaum berührt und Hein verhielt sich passiv. Ich bestellte sofort drei Bier und entschuldigte mich noch einmal, das Mädchen sagte, es sei nicht schlimm, und wir stießen an. Ich hätte sie gern zum Tanzen aufgefordert, traute mich aber nicht. Doch sie forderte mich auf. Es war schön, mit ihr zu tanzen, auch ohne viel zu reden. Meist meinte ich, mit Tanzpartnerinnen ein Gespräch führen zu müssen, obwohl mir selten einfiel, worüber. Als ich das nächste Bier von der Theke holen wollte, war Hein nicht zu sehen. Das Mädchen steckte mir wortlos einen Zettel zu. Verdutzt sah ich sie an, doch sie schaute weg. Ich begab mich wieder an meinen Platz. An den Rest des Abends habe ich keine Erinnerung.

Eines Abends rief ich die Nummer an, die auf dem Zettel stand. Sie meldete sich mit ihrem Vornamen. Ich sagte meinen und begann zu erklären. Sie schnitt mir das Wort ab. Ich weiß wer du bist, sagte sie. Wir verabredeten uns für den nächsten Sonntagnachmittag an der Kreuzung der beiden Bundesstraßen, die unser Dorf durchschnitten. Sie kam pünktlich, fragte: Was machen wir? Ich schlug einen Spaziergang durch den nahen Wald vor, nichts Besonderes, sie nickte. Unauffällig steuerte ich unsere Schritte in Richtung eines Sees, an dessen Rand eine kleine, überdachte Holzhütte mit einer Bank stand. Diese offene Hütte war sehr beliebt und leider häufig besetzt. Wir hatten Glück und ließen uns dort nieder. Ich holte meine Zigaretten heraus, bot ihr eine an, die sie nahm. Als wir rauchten, fragte ich nach der Wunde. Nicht der Rede wert, sagte sie, drehte mir den Rücken zu. Schau nach, sagte sie. Als ich zögerte, öffnete sie vorn einen Knopf, sodass ich die Bluse hinten ein wenig herunterziehen konnte. Nur ein schwacher runder Fleck war noch zu sehen. Ist nicht schlimm, sagte sie, rauchte ruhig und blieb so sitzen. Verunsichert schwieg ich.

Machst du es noch mal?, fragte sie.

Ich? Was?

Ja, das mit der Zigarette.

Nein.

Doch! Ist nicht schlimm, ist schön. Nur ganz kurz.

Ich wollte sie herumdrehen, doch sie sperrte sich.

Nur ganz kurz, bitte!

Irgendwann hatte ich einmal gelesen, dass Menschen Schmerz als angenehm empfinden könnten. Das galt allerdings als pervers und befand sich außerhalb meiner Vorstellungswelt. Ich brauchte nur an meine häufigen Zahnschmerzen zu denken.

Bitte!, sagte sie noch einmal, drängend.

Mit zitternder Hand fuhr ich mit der Glut der Zigarette ganz flüchtig über eine Stelle neben der Stelle. Ich hatte den Eindruck, sie kaum berührt zu haben. Doch sie seufzte tief auf, drehte sich zu mir um, nahm meine freie Hand und drückte sie zwischen ihre Beine. Ist schön, murmelte sie und presste sich an mich. Wir küssten uns intensiv, ich öffnete ihre Bluse nicht.

Einige Tage später rief sie an und lud mich zu sich ein. Sie war schon im Beruf und verdiente Geld, hatte eine eigene kleine Wohnung gemietet. Wir saßen nebeneinander auf dem Sofa, rauchten. Sie hatte Bier, Cola oder Weinbrand gefragt. Ich hatte mich für Weinbrand entschieden, sie auch.

Schau nach, sagte sie, drehte sich halb um.

Der zweite Flecken war noch deutlich zu erkennen, eine Mischung zwischen leichtem Braun und hellem Rosa. Der erste war fast verschwunden, außer, man wusste es. Einige Zeit, nachdem wir die Zigaretten im Aschenbecher ausgedrückt hatten, schob sie mir die Schachtel zu und sagte:

Bitte!

Ich tat so, als ob ich nicht verstanden hätte.

Sie wiederholte: Bitte! Und: Du weißt schon.

Mir gingen verrückte Bilder durch den Kopf. Ich sah den ganzen Rücken rot von Brandflecken vor mir, und vielleicht nicht nur den Rücken. Wie oft? Wie lange? Ein ganzes Leben?

Nein, sagte ich. Das geht nicht. Das kann ich nicht machen, das ist nicht gut.

Doch, das ist schön, sagte sie.

Ehe ich antworten konnte, war sie aufgestanden, hatte ihr Kleid abgestreift, ihren Büstenhalter gelöst und das Höschen heruntergezogen. Stumm staunte ich ihren gut geformten Körper an, der jetzt nackt vor mir stand.

Nein, ich nahm die Zigarette nicht mehr, bot ihr anscheinend aber einen zufriedenstellenden Ersatz an, als ich begann, ihre Beine zu küssen und mit leichten Bissen zu versehen. Besonders die Innenseiten ihrer Oberschenkel hatten es ihr angetan, als ich die Bisse verstärkte und Spuren hinterließ. Sie seufzte mehrmals tief auf und presste meinen Kopf mit der Hand zwischen ihre Beine.

Ich war glücklich und glaubte, das Problem gelöst zu haben. Fast ein Jahr verging so. Dann sagte sie plötzlich am Telefon, es sei aus. Sie sei wieder mit Hein zusammen. Er liebe sie.

Ich liebe dich, sagte ich.

Nein, sagte sie, du magst mich und genießt es, aber du liebst mich nicht. Du tust nicht, was ich möchte.

Was tut Hein? Mit der Zigarette?

Nein, flüsterte sie, er schlägt mich.

Hein Velten hatte mich erwischt.

Konto 4711

Eva war Leiterin der Scheckabteilung. Die bildete mit dem Grundbuch und dem Überweisungsbereich eine größere Abteilung, die Herrn Schmidt unterstand, einem älteren Mann mit sauertöpfischer Miene, der in einem Zimmer mit Fensterfront zur Halle saß und – wie wir alle meinten – den Nachmittag schlafend verbrachte. Doch da sollten wir uns getäuscht haben.

Eva thronte hinter ihrem Schreibtisch und genoss den Job. Immerhin: Leiterin! Wir Lehrlinge kamen gut mit ihr klar. Bis zu einem gewissen Grad konnte man Späße treiben, doch als wir anfingen, Fliegen an der Decke mit Gummibändern zu beschießen, schritt sie ein. Wir würden schließlich zu einem seriösen und anspruchsvollen Beruf ausgebildet. Und das bei der Deutschen Bank, der Nummer eins in der Bundesrepublik. In der Hierarchie der großen Privatbanken folgten damals die Dresdner und die Commerzbank. Als viertgrößte galt die Bank für Gemeinwirtschaft, die den Gewerkschaften gehörte. ‚Echte' Banker sprachen den Namen mit leisem Naserümpfen aus. Doch als es hieß, dort würden höhere Gehälter gezahlt, wechselten etliche Kollegen, auch ein Prokurist. Dann gab es noch die Volks- und Gewerbebanken, die Stadtsparkassen und diverse kleine Privatbanken, wie zum Beispiel Burghard & Bröckelschen, Salem. Oppenheim, Trinkaus & Burckhardt, Schröder, Münchmeyer oder die August-Thyssen-Bank. Das waren aber keine Banken für Normalverbraucher, die fummelten nur mit der Industrie, wie uns ältere Kollegen beibrachten. Bei der Deutschen Bank zu arbeiten galt als sozialer Aufstieg. Sie wurde damals von Dr. Dr. h. c. Hermann-Josef Abs als Vorstandsvorsitzendem geleitet, der seinen Job schon bei den Nazis ausgeübt hatte, jetzt in über dreißig Vorständen und Aufsichtsräten residierte und, wie Insider behaupteten, in Wirklichkeit die Republik beherrschte und nicht Bundeskanzler Konrad Adenauer.

Wir Lehrlinge, insgesamt drei Jahrgänge, waren ungefähr dreißig Jungen und Mädchen und bildeten zum großen Teil eine kameradschaftliche Gruppe, die nicht nur gemeinsam für die Berufsschule lernte, sondern auch dann und wann Partys feierte. Wenn man berücksichtigte, dass in Abteilungen wie der Buchhaltung hauptsächlich Frauen arbeiteten, so fühlten wir männlichen Lehrlinge uns sehr gut aufgehoben. Vor allem Ede Kleinert, der große Charmeur, in dessen Schlepptau ich mitlief. Er entdeckte im Haus Räume, die ich nach einem halben Jahr noch nicht kannte. Zum Beispiel das Zimmerchen, in dem die kleine Schlanke, die den ständig defekten Rank-Xerox Kopierer bediente und stark nach Kernseife roch, arbeitete. Wenn wir zwischendurch mal verschwinden wollten – sobald uns die Abteilungsleiter untätig herumsitzen sahen, hatten sie eine Aufgabe für uns – verkrümelten wir uns in solche Räume. Wobei der Charmeur Ede auch vor den Chefsekretärinnen keine Angst hatte.

Die Stimmung in der Scheckabteilung war gut. Eva brachte uns vieles bei, forderte uns aber nicht allzu sehr. Ob es hieran lag, oder daran, dass Sommer war, oder am Kneipenabend von gestern in der Römer-Klause, wo Ede und ich mit dem Hausmeister versackt waren, Ede Kleinert und ich kamen auf eine Idee. Die uns den Job hätte kosten können, was wir nicht ahnten, weil wir es gar nicht so gemeint hatten. Doch die

Dinge nahmen einen anderen Verlauf als angedacht.
Die eingehenden Schecks wurden von den Firmen mit einem entsprechenden Sammelformular vorgelegt. Die Schecks wurden den einzelnen Konten gutgeschrieben und dann den bezogenen Banken zugeteilt. Das geschah mit einer elektrisch betriebenen Maschine, in der sich eine große Trommel mit Fächern befand, jeweils für die einzelnen Bankbereiche. Eine echte Arbeit für Lehrlinge! Die Schecks wurden durch einen Schlitz in die Maschine gegeben, dann musste auf den Knopf für das richtige Fach gedrückt werden, mit einem Hebel an der rechten Seite kam das Ding in Gang und sortierte die Papiere.

Am Tag des Ereignisses hockte ein anderer Lehrling vor dem Gerät, sodass Ede Kleinert und ich freie Hand zu haben schienen. Wir besorgten in der Mittagspause ein Formular beim Materialverwalter, was sich später als Schwachstelle unserer Aktion herausstellen sollte. Einen Blankoscheck hatte ich meinen Unterrichtsmaterialien entnommen. Er war auf die Sparkasse Irgendwo gezogen und mit einem roten Aufdruck Muster versehen, den wir mit Nur zur Verrechnung überstempelten. Wir füllten den Scheck mit einer Summe von eintausend Mark aus, das Irgendwo verwandelte ich in ein Nirgendwo, als Unterschrift genügte uns ein wilder Krakel. Für das Begleitformular erfanden wir als Kontoinhaber die Firma Dortmunder Duftwerke GmbH & Co., beheimatet in der Geruchsstr. 15, für das Konto nahmen wir die Nummer 4711, die in der Systematik der Bank zu den Kunden der Buchstabengruppe A – F passte.
Als die Schecktrommel einen Moment nicht besetzt war, mogelten wir den Vorgang unter den Stapel, der dort noch zur Bearbeitung lag. Wir mussten es unserem Mitlehrling hoch anrechnen: er merkte etwas, lief zu Eva, der Leiterin der Scheckabteilung, und fragte, wohin denn die Sparkasse

Nirgendwo gehöre. Eva, gewohnt, dass Lehrlinge schon mal ein Späßchen mit ihr versuchten, nahm das nicht ernst und scheuchte ihn mit den Worten: „Zu den Sparkassen natürlich!" fort. Die Dinge nahmen ihren Lauf. Wir gingen während des Nachmittags mehrmals wie zufällig am Gerät vorbei, doch lange Zeit tat sich nichts. Eva würde zum Schluss die Endsummen der Trommel und der Einreichungsformulare auf Übereinstimmung prüfen, dann ging das ganze Paket zur Landeszentralbank zwecks Verteilung an die anderen Banken. Manchmal aber nahm sich Abteilungsleiter Schmidt die Unterlagen zusätzlich noch einmal vor. Heute war solch ein Tag, denn plötzlich gab es vor seinem Zimmer einen kleinen Auflauf. Mehrere Abteilungsleiter diskutierten heftig, auch der Personalchef war gekommen. Mittendrin Eva, die aufgeregt etwas erklärte.

Wir schlenderten hinzu, fragten die Umstehenden, was los sei. Scheckbetrug, hörten wir. Ein eisiger Schreck durchfuhr uns. Herr Schmidt war wohl doch nicht so verträumt, wie er eingeschätzt wurde, er hatte das faule Ei herausgefischt. Es hätte bei einem Spiel bleiben können. Wir konnten uns allerdings nicht genau vorstellen, was passiert wäre, wenn der Scheck in die Bücher der LZB geraten wäre, hatten allerdings damit gerechnet, dass Eva die Sache merken würde. Mit Eva wären wir schon klar gekommen. Nun hieß es aber, die Unterschrift sei gefälscht und sie ähnele der Unterschrift des Personalchefs, eines Prokuristen.

Das verschlug uns die Sprache; auch Ede, sonst um kein Wort verlegen, schwieg. Scheiße! Das konnte gefährlich werden. Ob man uns glauben würde, nur einen harmlosen Spaß versucht zu haben?

Es passierte nichts, der Scheck wurde vernichtet, auch wurde nicht weiter geforscht. Der Materialverwalter schaute uns in den nächsten Tagen mehrmals belustigt an, sagte aber nichts. Auch das wäre kein Beweis gewesen, beruhigten wir uns, als Lehrlinge mussten wir häufig Formulare holen. Doch ging uns der Arsch auf Grundeis, wie man zu sagen pflegte. Erst nach Wochen ließ unsere Anspannung nach. Ein halbes Jahr später hatten wir die Angelegenheit vergessen.

Am Ende der dreijährigen Ausbildung gaben wir ein Lehrlingsfest, zu dem ebenfalls einige Angestellte (Ede hatte gemeint, wir sollten nur Frauen einladen) gekommen waren. Auch Eva war da. Ich hatte viel mir ihr getanzt, wir waren uns vorher schon auf einem Betriebsausflug etwas näher gekommen. Die Fête dauerte bis in die Morgenstunden. Ich brachte Eva zum Hauptbahnhof. Da ihr Zug noch nicht fuhr, hockten wir uns auf ein Mäuerchen gegenüber und knutschten weiter. Der Alkohol hatte meine Sinne gelockert und ich dachte, die Sache sei lange genug her. So ritt mich der Teufel und ich gestand Eva, dass Ede Kleinert und ich die Urheber des ‚Scheckbetruges' gewesen seien.

Sie stand abrupt auf, nahm ihre Handtasche, blickte mit großen, traurigen Augen auf mich herunter, drehte sich um und stiefelte zum Bahnhofseingang. Sie drehte sich nicht mehr um.

„Dummer Junge", murmelte ich, „doppelt dummer Junge!"

Dortmunder Duftwerke GmbH & Co, Konto 4711 – der Duft der großen weiten Welt…

Dritter Teil

Eickmeiers Traum

Das Haus

nach hause kommen

öffnet die tür sich
lacht sich entgegen
umarmt sich
küsst sich
springt an sich hoch als das kind
springt an sich hoch als der hund
streichelt sich den kopf
nimmt die tasche sich aus der hand
hilft sich aus dem mantel
erzählt sich was alles war draußen
hört sich zu wie alles war zuhaus

ernst jandl

Überall in dem Teil Europas, den ich ein wenig zu kennen meine, gibt es Häuser, die ich lieben könnte. Verträumte, elegante, große, kleine, verwinkelte, moderne, welche aus vergangenen Jahrhunderten und welche, die unserer Zeit voraus zu sein scheinen.

Die beiden Häuser, in denen ich aufgewachsen bin, existieren nicht mehr. Sie gehörten meinen Großelternpaaren. In dem einen wohnten wir ständig, in das andere fuhren meine Eltern mit mir und meinem Bruder, um Ferien zu machen. Beide Großväter waren Gartenexperten, was sie schufen, verstanden wir Kinder erst, als wir größer wurden. Endgültig verstanden wir es, als es zu spät war. Beide Häuser besaßen eine Seele, was die Elterngeneration manchmal vergaß, wenn renoviert und modernisiert wurde. Nach dem Zweiten Weltkrieg und der Nazi-Diktatur wurde die alte Zeit durch Ersatzhandlungen entsorgt: man tauschte die alten, guten, dunklen Möbel gegen helles, leichtes, billiges Zeug und vergrößerte die Fenster, um mehr Licht ins Hause zu lassen. Die Architekten der Häuser hatten sich bei ihren Entwürfen etwas gedacht. Es bekam den Häusern nicht, wenn gegen diese Ideen verstoßen wurde. Aber niemand dachte an die Architekten oder wusste ihre Namen. Den Abriss des einen Hauses, in dem wir wohnten, als ich Kind war, konnte ich um zwanzig Jahre verzögern, verhindern konnte ich ihn nicht. Den Abriss des anderen Hauses, eines umgebauten Bauernhofes niedersächsischer Art, unseres ‚Ferienhauses', hatte bereits die Elterngeneration erledigt.

In einem dritten Haus, das für mich wichtig wurde, verbrachte ich zwei Mal meine Sommerferien. Auf dem Bauernhof, wie es hieß. Ein richtiges Bauernhaus, auch hier die niedersächsische Bauart des so genannten Zweiständerhauses, in dem die Deele mit den großen Tor dominierte, an die sich auf beiden Seiten Ställe und kleinere Räume anschlossen. Das Hauptgebäude trug die Nummer 11, es handelte sich um das elfte Haus, das in diesem Dorf gebaut wurde. Straßennamen gab es damals nicht. Die Aufenthalte auf dem Baunerhof wurden Abenteuerferien und haben meine Erinnerungen nachhaltig geprägt. Den Hof gibt es noch. Die Straße vor dem Haus ist jetzt benannt und das Haus hat die Nummer 22. Doch die 11 ist über dem großen Deelentor im Schlussstein eingemeißelt – dann und wann schreibe ich auf einen Brief die alte Adresse und er kommt an. Inzwischen besitze ich ein eigenes Haus. Ein Häuschen. Einen Kotten. Mitten in einem Dorf, aber von der Straße aus nicht zu sehen. In einer verwinkelten Ecke. Verträumt und verwunschen. Vielleicht versuche ich etwas von früher, was noch in mir steckt, dort zu verwirklichen. Das Haus ist wahrscheinlich über zweihundert Jahre alt. Die Innenwände sind aus Lehm und Weidengeflecht gefertigt. Dies ähnelt der Bauweise des römischen Bauernhauses aus dem ersten Jahrhundert der Zeitrechnung, dessen Reste man unweit gefunden hat. Dicke Eichenbalken tragen die Zwischendecke. Einige Fenster und Türen aus dem 19. Jahrhundert mit ihren interessanten Verschlüssen sind erhalten geblieben. Im kleinen Stallanbau gibt es (zusätzlich) ein Plumpsklo. Der Brunnen ist leider vor unserer Zeit zugeschüttet worden. Dort wächst nun eine Birke. Im Inneren des Hauses regt sich bei Bedarf eine moderne Erdgasheizung, ein offener Kamin kann mit Holz gefüttert werden. Nachbarn erzählen, zu früheren Zeiten sei der Schornsteinfegerlehrling durch den gewaltigen Schornstein nach oben geklettert. Die große Eisenklappe ist noch da. In der Clematis über dem Hauseingang nisten Drosseln. Als noch eine frei schwebende Stromleitung zum Haus führte, zwitscherten auf ihr am frühen Morgen Schwalben. Wir wussten immer, wann Frühling war.

Auch anderswo gibt es Häuser, mit denen ich zu tun habe. Zum Beispiel eines von Freunden in der Picardie an der Grenze zur Normandie. Wir sind zum vierten oder fünften Mal in diesem Haus, aber zum ersten Mal allein. Das ist anders. Man fühlt sich plötzlich viel stärker verantwortlich. Für das Haus. Für alles. Das Haus ist nicht klein, ein umgebauter ehemaliger Schafsstall. Es kann einen fordern. Hoffentlich nicht in dieser Woche, denke ich. Wenn ich bei Sonnenschein vor diesem Haus sitze, ergreift mich manchmal ein euphorisches Gefühl. Ein Gefühl von Geborgenheit, Sicherheit und Macht. Eigentum ist Macht, doch wir besitzen dieses Haus lediglich im Wortsinn für eine kurze Zeitspanne.

Nicht vielen steht so etwas zur Verfügung. Die Gesamtfläche des Grundstückes erinnert mich an den Wundergarten meiner mütterlichen Großeltern, es handelte sich auch dort um ungefähr dreitausend Quadratmeter. Der Zaubergarten mit seinem Teich und den verwunschenen Ecken, mit einer kleinen Werkstatt und einem Holzhäuschen, wo es nach Zwiebeln und Tomaten roch und die Gartengeräte aufbewahrt wurden. Der Garten gehegt und gepflegt vom Großvater, das Ziel unserer Sommerferien in den fünfziger Jahren. Der andere Garten, der väterlicherseits, war nicht so groß und nicht so verzaubert, für uns Kinder dennoch ein selbstverständliches Wunder, trotz mancher Flüche des Opas, wenn wir beim Spielen etwas zerstört oder heimlich Kirschen gegessen hatten.

Das Haus in der Picardie, im Pas de Caux, ist wesentlich größer als das unsrige, das alte, oben erwähnte, das im Sauerland liegt. Es würde uns, denke ich, auf Dauer ein wenig überfordern. Das Verhältnis von Mühe und Genuss würde für uns nicht stimmen (so wie es für die Eigentümer zu stimmen scheint, sonst müssten sie darüber nachdenken). In unserem Häuschen hatte ich im zweiten Jahr einen Tiefpunkt und überlegt aufzugeben. Die auf uns zu kommenden Mühen und Kosten schienen über uns zusammen zu schlagen. Doch wir hielten durch und streckten die Renovierungsarbeiten. Nach zehn Jahren waren wir aus dem Gröbsten heraus, die letzte Kammer wurde erst nach dreißig Jahren fertig. Inzwischen können wir wieder von vorn anfangen und unsere eigenen Renovierungen erneuern. Erst nach einigen Jahren begriffen wir, dass wir kein Haus, sondern einen Prozess gekauft hatten, erfreulicherweise zu einem erschwinglichen Preis. Die Investitionen erfolgten nach und nach und wurden dadurch erträglich. Manchmal half der Staat mit kleinen Zuschüssen (er fühlt sich dem

Eigentum verpflichtet). Ähnlich scheint es in Nordfrankreich abzulaufen. Das Äußere bleibt erhalten, im Inneren werden alte Sachen renoviert oder passend ergänzt, soweit die Flohmärkte das hergeben. Gleichzeitig zieht moderne Technik, mehr oder weniger offen, ein. Ein Küchenherd mit Induktionsschleifen. Ein Badezimmer mit Wanne und komfortabler Dusche. Wer möchte schon in einen Zuber mit kaltem Wasser steigen! Man erkennt, wie dekadent wir geworden sind. Zweifel an der Modernität werden beschwichtigt durch Gas- und Petroleumöfen, einen offenen Kamin und einen gusseisernen Ofen, den Allesfresser, der aber hauptsächlich mit Holz gefüttert wird. Man scheint gewappnet gegen Klimaveränderungen und Ressourcenprobleme.

Vielleicht hilft auch Wasserkraft an der steilen Nordküste, wie es sie schon gibt am Sorpesee im Sauerland oder an der Mündung der Rance bei Dinard. Kämen wir in der Normandie ohne Strom aus, wenn das nahe Atomkraftwerk ins Wasser stürzte, wie der Nazibunker auf der Klippe am Strand, den es endlich erwischt hat? Was sind schon sechzig oder siebzig Jahre im Lauf der Zeit, die Dauer eines Menschenlebens! Für uns viel, für die Entwicklung nicht. Unsere Heizung zu Hause würde trotz Erd- oder Bio-Gas nicht funktionieren, weil sie zusätzlich Strom braucht. Auf dem Dach haben wir eine Solaranlage installiert. Sie würde uns helfen, sie produziert genug. Ich würde ungern das Haus aufgeben, nur weil Politik und Wirtschaft so altmodisch und rückständig sind und aus Profitgründen die Zeichen der Zeit nicht erkennen wollen. Ohne Heizung kein Haus, wir leben nicht in Süditalien. Wasser wird zunehmend wichtiger. Doch wer hat schon einen eigenen Brunnen? Dort, wo ich als Junge zwei Mal die großen Ferien verbrachte, bei Onkel und Tante auf dem Bauernhof, gab es ihn noch. Vom Brunnen wurde das Wasser elektrisch in einen großen Behälter oben ins Haus gepumpt, von wo es mittels Schwerkraft aus den Hähnen floss. Als es mehrere Tage lang seltsam schmeckte, entdeckte man schließlich ein totes Huhn im Schacht.

Das Haus in der Picardie ist ‚mein' fünftes. Es beeindruckt mich. Ich fühle mich dort wohl. Alle Häuser, die ich auf meinen Reisen entdeckte und die mir gefielen, hatten menschliche Dimensionen (ich taxiere sofort, ob ich mit einer einfachen Leiter die Dachrinnen erreichen könnte!). Alle diese Häuser signalisierten: hier kannst du eingreifen, hier kannst du reparieren, erhalten und vielleicht auch (stilgerecht) verbessern. Häuser haben eine Seele, die man nicht kränken darf. Eine der einfachsten Methoden ist, manches zu unterlassen. Das Zentrum dieses normannischen Hauses ist der gewaltige Tisch in der ‚salle', dem großen Aufentshaltsraum, mit seinen wuchtigen Stützpfeilern. Darüber berichtet das Kapitel ‚Im Sumpf von Huelgoat' in einem gewissen blauen Bretagnebuch.

In der Nacht wirkt das Haus noch einsamer als sonst; draußen riecht es nach Heu, Pferden und Rindern. Es ist still, die Vögel haben die Köpfe unter das Gefieder gesteckt, sie haben sich redlich (sanglich?) ihre Nachtruhe verdient. Auch der Esel schreit nicht mehr. Nur der Wind raschelt in den Birken. Die Seele des Hauses, des Zuhauses, stülpt sich über meine Seele, tiefe Zufriedenheit senkt sich ins Zwerchfell. Jetzt noch einen kleinen Calva, und ich weiß genau, wo der Taubenturm steht, auch wenn ich ihn nicht sehe. Ich fühle mich wohl, ich habe ein Haus im Rücken.

Ruhiger Fleck

Einsam das Haus am Dorfrand
spitzer Giebel über den Bäumen
Ein Schloss hinter bizarrem Gitter
erinnert an frühere Zeiten
Rosen ranken und Clematis
steht hier die Zeit still
Doch Hähne kräh'n wie eh und je
und auf dem Kiesweg parken Autos

Eickmeiers Traum

Erich Eickmeier schimpfte laut. Unwillkürlich hatte er den Weg zum Meer eingeschlagen und stapfte nun über den feuchten Sandstrand. Verdammt noch mal, dazu waren sie nicht nach Spanien gefahren. Drei Wochen lang Regen, nichts als Regen, Cuivero war zwar ein hübscher Ferienort, mit Fischerhafen, Badebucht und allem, was dazu gehörte. Aber es machte einfach keinen Spaß mehr. Am Strand konnten sie nicht liegen; die Frau und die beiden Kinder knötterten den ganzen Tag lang herum und fragten ihn Löcher in den Bauch. Er wusste nicht mehr, was sie unternehmen sollten. Besonders schön war das Hotelzimmer nicht, das Muster der abblätternden Tapete kannten sie inzwischen genau. Einen Haufen Geld hatte der Urlaub bei Süd-Reisen gekostet. Als einfacher städtischer Beamter hatte er ziemlich dafür sparen müssen. Das letzte halbe Jahr vor dem Urlaub hatte er fast ganz auf sein Taschengeld verzichtet, war nur noch selten in seine Stammkneipe, den Fuchsschwanz, gegangen; hatte die Sticheleien der anderen, die ihn bezichtigten, unter dem Pantoffel zu stehen, ertragen müssen.

Und nun das! Warum hatten ihm die Leute im Reisebüro nicht gesagt, dass es in Galicien wegen des Atlantikklimas und wegen des Kantabrischen Gebirges, das den Wolken mit seinen zweitausend Meter hohen Graten im Weg stand, so oft regnete? Natürlich hatten sie ihm das nicht gesagt, sonst hätte er die Reise vielleicht nicht gebucht. Verflucht! Jetzt wäre er beinahe ausgeglitten. Der Regen war stärker geworden. Er zog die Regenjacke zu und warf sich die Kapuze über. Er rutschte erneut aus, diesmal schlug er lang hin. Der Schmerz durchzuckte sein Knie wie ein Messer. Er vergaß das Fluchen, erhob sich stöhnend. Die Handballen waren verschrammt, das rechte Knie hatte etwas abbekommen, würde sicher anschwellen. Die Hose hatte einen Riss. Unter ihm kollerten einige tennisballgroße Kieselsteine abwärts in Richtung Wasserlinie. Erst jetzt bemerkte er die Steine. Der Sandstrand war unmerklich in eine Kieselsteinbucht übergegangen. Die Steine wallten zum Meer hinab, Steine von Erbsen- bis Handballgröße, kugelrund, eiförmig, zerbrochen, mit scharfen Kanten (er rieb sein Knie). Weiße, gelbe, rötliche, tiefschwarze, von Adern und Riefen durchzogen. Einige sahen aus wie verschnürte Postpakete.

Plötzlich hörte er auch die Geräusche. Ein helles Klickern, wenn das anschwappende Wasser die Kiesel den Wall hinaufschob, ein dumpfes Kollern, wenn die Kiesel bei sinkendem Wasser wieder hinabrollten. Er vergaß die aufgeschürften Handballen, das anschwellende Knie. Seit Urzeiten ging das schon so, dachte er, und irgendwann werden die Steine vielleicht einmal zu Sand. Und der Sand war vielleicht auch aus solchen Steinen in Millionen Jahren entstanden. Zeiträume, die er sich nicht ausmalen konnte. Nicht vergleichbar mit den armseligen drei Wochen Urlaub im Jahr, die er sich allerdings sehr gut vorstellen konnte. Sogar Sonnenschein konnte er sich vorstellen. Die kostbarsten Wochen des Jahres, wie es in der Werbung hieß. Ausnahmsweise haben die mal Recht, brummte Eickmeier, sah zu, wie die Steine mit dumpfen Kollern hinabrollten und mit hellen Klickern wieder heraufkamen. Angetrieben vom regelmäßigen Rhythmus der anschwappenden und sich zurückziehenden Wellen.

Beschweren müsste man sich! Aber sie hatten keine Regenversicherung abgeschlossen. Wenn man nach Spanien fuhr! Und was konnten die Angestellten im Reisebüro für das Wetter, die waren genau so dumm dran wie er und seine Familie, freuten sich wahrscheinlich auf drei sonnige Wochen an der Adria. Außerdem waren Beschwerden meist sinnlos, das wusste er. Er arbeitete nämlich bei der Beschwerdestelle der Stadtverwaltung.

Eickmeier stierte auf die Kiesel, hatte, während er nachdachte, das Kollern und Rollen gar nicht mehr gehört, nahm es nun erneut wahr. Nass glänzten die Steine vor seinen Füßen, er schaute auf die graugrüne Fläche des Meeres und versuchte, den Horizont auszumachen. Der verschwand im Dunst des Regens. Könnte alles ruhig mal blau sein, murmelte er. In dem Moment hatte er eine Idee.

Was waren schon drei Wochen gegen die Ewigkeit. Das stimmte. Die Natur kümmerte das alles nicht. Nur der Mensch bewertete, fand gut, verwarf, hatte Wünsche. Meer und Steine gehorchten ihren Gesetzen seit Urzeiten, und das würde auch noch lange so bleiben. Was war ein Menschenleben gegen die Erdgeschichte! Gut, dachte Eickmeier, der Urlaub war also hin und das Knie tat ihm weh, die Hose hatte einen Riss und es regnete immer noch. Gut, aber zu Hause, da könnte er doch einiges anders machen.

Er lief zum Hotel zurück und verkündete seiner im etwas zu kühlen Hotelzimmer lustlos Mensch-ärgere-dich-nicht spielenden Familie den ersten Teil seines Plans. Marianne Eickmeier, nicht ganz so sportlich schlank wie ihr Mann, ebenfalls um die vierzig, blickte ihn stirnrunzelnd an. Deutete dann wortlos auf sein verschrammtes, angeschwollenes, sich langsam verfärbendes Knie, das durch den Riss in der Hose lugte. Die beiden Jungen, acht und zehn Jahre alt, waren sofort begeistert, obwohl sie nicht ganz begriffen, worum es dem Alten eigentlich ging. Hauptsache, sie bekamen endlich etwas zu tun. Draußen! Die Sache hörte sich spannend an. Sie sollten mit einem Handkarren Strandgut sammeln. Eickmeier dämpfte die Freude etwas, weil sie erst am nächsten Tag loslegen konnten. Ein Handwagen und eine Holzkiste mussten besorgt werden. Nachdem er die Hose gewechselt hatte und Marianne seufzend nach dem kleinen roten Lederetui mit dem Nähzeug für die Reise griff, humpelte er hinunter in die Empfangshalle. Halle war leicht übertrieben für den Raum, in dem ein niedriger Tisch mit sechs ausrangierten Kinostühlen, ein verschrammtes braunes Vertiko, auf dem dekorativ, aber verloren, drei Rotweinflaschen standen, und eine kurze Theke Platz hatten. Im Prospekt hatte gestanden: Gediegenes Hotel mit geräumiger Empfangshalle und Aufenthaltsraum.

Der Hotelportier machte alles wieder wett. Der gedrungene, schwarzhaarige Mann mit dem Bürstenschnurrbart, der ständig eine weiße Kellnerjacke trug und ganz leidlich Deutsch konnte, versprach, Handwagen und Kiste bis zum nächsten Mittag zu besorgen. Er stellte keine weiteren Fragen. Dann unterhielten sie sich über das Wetter, das wirklich ausnahmsweise viel schlechter als sonst sei, wie der Portier versicherte. Nach dem dritten Brandy-Pärchen, natürlich Osborne mit dem Stier, zahlte Eickmeier für beide. In dieser Nacht schlief er ausgezeichnet. Marianne Eickmeier horchte auf seine gleichmäßigen Atemzüge und dachte, es könnte vielleicht doch noch ein schöner Urlaub werden, bevor sie ebenfalls einschlief.

Am nächsten Mittag zogen sie mit dem Handwagen los. Die Holzkiste blieb zunächst hinter der Theke im Empfangsraum. Marianne wunderte sich, dass der Spanier sie nicht fragend ansah, sondern alles wie selbstverständlich hinnahm. Anscheinend war er seltsames Benehmen seiner deutschen Gäste gewohnt. Er hatte nur freundlich gegrinst und den Wagen vom Hof geholt. Erich Eickmeier stapfte voran, es schien, als hätte er sein dickes Knie völlig vergessen.

Die Jungen zogen den Handkarren. Marianne hielt versonnen etwas Abstand und überlegte, ob zwischen der Holzkiste hinter der Theke und ihrer guten Laune wohl ein Zusammenhang bestand. Es regnete nicht, doch die Wolkendecke war weiterhin grau und geschlossen. Sie kamen zum Sandstrand, wo sie eigentlich hätten baden und in der Sonne liegen sollen. Eickmeier war recht einsilbig, deutete die Richtung an, stapfte weiter. Die Jungen redeten laut, überboten sich gegenseitig mit ihren Vermutungen, was sie wohl finden und sammeln würden, und was man damit machen könnte. Ob sie vielleicht Fische fangen und auf dem Markt verkaufen würden? Aber es fehlte das Angelzeug. Vielleicht hatte der Vater gestern wertvolles Strandgut gefunden, das sie heute abholen mussten. War ein Schiff verunglückt? Ihre Gedanken verliefen sich, Bruchstücke von Abenteuerromanen fielen ihnen ein, sie sahen sich als Robinson Crusoe, der sich aus Fundstücken eine Hütte bauen musste, als den Roten Korsaren, der Schiffe ausplünderte oder als Jim Hawkins, der im leeren Wasserfass auf der Hispaniola hokkend, plötzlich erfährt, dass die Seeräuberbande um John Flint an Bord ist, und um sein Leben bangt. Erst als Eickmeier plötzlich nach vorn zur Küste zeigte, den Handwagen selbst übernahm und zielbewusste die nächste Bucht ansteuerte, wurden die anderen aufmerksam. Ein Schotterweg führte eine wiesenbewachsene Anhöhe hinauf, dahinter lag die Bucht. Die Kiesel rollten.

Eickmeier blieb stehen. Die Jungen und seine Frau blickten ihn an. Eickmeier deutete auf die Steine. Das Hinunterrollen der Kiesel war deutlich zu hören. Dann das Klickern, wenn das Wasser sie herauf schob. Die Fläche des Meeres war leer. Die Bucht ebenfalls. Kein Schiff und kein Mensch waren zu sehen. Nur die Kieselsteine waren da. In allen Größen und Farben. Wir nehmen Steine mit nach Hause, verkündete Eickmeier. Er begann, scheinbar wahllos, Kiesel in den Karren zu füllen. Der Rest der Familie stand starr und schaute zu. Eickmeier blickte auf. Na los, anpacken, soll ich alles allein machen? Und er füllte weiter Steine, die man gut in der Hand halten konnte, in den Wagen. Seine rutschenden Schritte und das Klacken, wenn die Steine in der Karre aufeinander prallten, unterbrachen das monotone Geräusch der rollenden Kiesel. Die Jungen fingen sich zuerst. Sie begannen um die Wette zu sammeln, zeigten sich gegenseitig die Steine mit den schönsten Maserungen. Eickmeier arbeitete ruhig und ernsthaft, als Marianne endlich fragte, was das Ganze denn solle. Eickmeier richtete sich auf. Die nehmen wir mit nach Hause und... Er stockte. Erzähl' ich dir heute Abend. Marianne schüttelt den Kopf, dann bückte sie sich, griff zaghaft nach dem ersten, handlichen, eirigrunden Kieselstein. Der fühlte sich gut an, schien sich ihrer Hand anzupassen, war glatt, rund und ein wenig warm. Sie nahm den Stein in die andere Hand. Auch diese Hand mochte den Stein. Sie warf ihn spielerisch von einer Hand in die andere. Das leise Klatschen, wenn der Stein auf die Handflächen traf, hörte sich gut an. Sie ließ den Stein fallen. Hörte plötzlich das stetige Kieseln, wenn das Wasser die Steine auf die Böschung hinaufschob, das dumpfe Kollern und Rauschen, wenn die Masse der Kiesel die gesamte Buchtbreite wie eine Walze wieder hinunterrollten, ausrollten, liegen blieben. Es schien, als warteten sie auf das Wasser. Welle auf Welle kam gleichmäßig heran und brachte die Steine ins Rollen. Marianne hob den Stein, mein Stein, dachte sie, wieder auf und trug ihn bedächtig zum Wagen. Dann bückte sie sich und begann ebenfalls zu sammeln.

Der Karren füllte sich jetzt schnell. Eickmeier musste die Jungen bremsen, die um die größten Brocken zu wetteifern begannen. Nur höchstens so große wie Honigmelonen, rief er, und kleinere. Wozu? fragte Marianne schnell. Erzähl' ich heute Abend! Sie zuckte mit den Schultern. Wenn das alles

Gold wär', meinte der ältere der beiden Jungen, als der Wagen voll war. Dann wär' das schon längst alles weg, schnaubte Eickmeier, während er versuchte, den Karren an der Deichsel hochzuheben. Marianne griff mit zu, die Jungen schoben, und so zogen sie zurück zum Hotel. Die Räder des Wagens hinterließen tiefe Spuren im Sand.

Nach dem Abendessen, es gab als Vorspeise Venusmuscheln, dann Rotbarben, steckte sich Eickmeier eine Zigarette an und verfiel in nachdenkliches Schweigen. Er bemerkte kaum, dass der Kellner-Portier ihm einen Sherry brachte. Doch die Jungen ließen ihm keine Ruhe. Sie wollten endlich wissen, was los war. Marianne tat uninteressiert. Eickmeier trank einen Schluck und begann zu erzählen.

Am nächsten Tag besserte sich das Wetter, es wurde an den folgenden Tagen noch richtig heiß. Die letzte Urlaubswoche war gerettet, wie alle vier Eickmeiers zufrieden feststellten.

Zwei Wochen, nachdem die Eisenbahn sie, mit der ersehnten Bräune versehen (was sollten sonst die Nachbarn und Kollegen sagen) nach Hause gebrachte hatte, kam die Kiste an. Der spanische Hotelportier war wirklich eine Wucht. Die Kinder hatten die Sache fast vergessen, die Schule und die Nachmittagsspiele draußen forderten ihre Aufmerksamkeit. Auch Marianne hatte mit ihrer Halbtagsbeschäftigung und dem Haushalt genug zu tun; sie machte sich keine überflüssigen Gedanken über irgendwelche spanischen Steine. So waren die drei sehr erstaunt, im Gegensatz zu Eickmeier, der ungeduldig darauf gewartet hatte, als der Bahnspediteur eine schwere Kiste vor der Hautür ablud. Der Transport war nicht billig gewesen, das Trinkgeld für den Spanier extra, Eickmeier war sich inzwischen nicht mehr so sicher, ob er der Sache, die ihn im Urlaub beflügelt, ja, ihm zeitweise euphorische Gefühle vermittelt hatte, überhaupt Sinn abgewinnen konnte. Er ließ die Kiste in den Keller stellen, füllte einige

Steine in einen Leinenbeutel, den er am nächsten Tag mit ins Büro nahm.

Seine Aufgabe war es, Beschwerden aus der Bevölkerung an die zuständigen Ämter weiter zu leiten oder den Leuten gleich zu antworten. In seinen Schreiben erklärte er mit freundlichen Worten, zum Teil auch sehr sachlich, unterlegt mit komplizierten technischen Erläuterungen, warum jener Baum gefällt oder diese Baustelle so und so lange leider zum Nutzen aller, aber zum Ärger weniger, eingerichtet bleiben müsse. Auch Vorschläge zu Einsparungsmaßnahmen hatte er abzulehnen, weil diese zum Teil den gewohnten Ablauf im Rathaus gestört hätten. Freundlich machte er den Leuten die Sinnlosigkeit ihrer Beschwerden und Anregungen klar, ohne dass sie es merkten. Nachdem der Oberbürgermeister und seine Partei die letzte Wahl gewonnen hatten, indem sie ihre Bürgernähe und die Transparenz der Demokratie besonders herausstellten, sie geradezu einforderten, obwohl sie vorher genug Zeit dafür gehabt hätten, war Eickmeiers Posten sehr wichtig geworden. Es gab immer noch Leute, die diese Dinge ernst nahmen. Die meisten Bürger und Bürgerinnen schrieben Briefe. Doch in letzter Zeit kamen manche direkt in sein Büro und ließen sich nur schwerlich vertreiben. Ob das daran lag, dass die Jugend in der Schule Politikunterricht erfuhr, oder an den Stadtteilzeitungen, oder gar an den Grünen, die neuerdings im Rathaus, wenn auch nur mit wenigen Sitzen, vertreten waren? Neulich hatte er sogar ein Flugblatt der DKP im Briefkasten gehabt. Es ging da um ein Parkhochhaus, das mitten in das Wohngebiet gesetzt werden sollte, in dem auch Eickmeier mit seiner Familie lebte. Er nahm einige Steine aus dem Leinenbeutel und legte sie in einer Reihe auf die den Besuchern zugewandte Seite seines Schreibtisches. Er dachte unwillkürlich an den Steinstrand in Galizien, an das Regenwetter, an die schöne letzte Woche, an den Sherry. Er lächelte.

Der nächste Besucher verließ kopfschüttelnd das Rathaus – mit einem Kieselstein in der Hand. Den hatte ihm dieser seltsame Beamte auf der Beschwerdestelle im Bürgerbüro in die Hand gedrückt. Ob man wohl den Bürgermeister oder die Presse verständigen sollte? Dafür zahlte man nun Steuern! Da hatte doch dieser Kauz auf die berechtigten Vorhaltungen hin, dass die Straßenbahnhaltestelle an der Moltkestraße lebensgefährlich sei, vor allem für ältere Leute und Menschen mit Kinderwagen, und dass dieser Missstand seit über zehn Jahren von der Stadt und der zuständigen Verkehrsgesellschaft trotz vieler Eingaben ignoriert wurde, da hatte dieser Kauz von einem Beamten zu einer längeren Rede angesetzt. Hatte über erdgeschichtliche Zeiten räsoniert, von Alluvium und Diluvium geschwafelt, vom Tertiär war die Rede, von der Unendlichkeit des Kosmos, von der Zeit als Dimension, Darwin war erwähnt worden, sicher, etwas wusste man ja selber, aber was hatte das alles mit der Haltestelle zu tun? Dann hatte dieser Mensch einen der Kieselsteine von seinem Schreibtisch aufgegriffen, die da sicher als Urlaubserinnerung lagen, was ja verständlich war, er selbst, dachte der Besucher, hatte sich einige Muscheln aus der Bretagne mitgebracht, der Kauz hatte den Stein in der Hand gewogen, hatte erzählt von den riesigen Zeiträumen, die ihn rund geschliffen hätten, hatte immer wieder ausgerufen: Denken Sie an die Zeit, an die Relationen. So viele Millionen Jahre, und ein Menschenleben so kurz, und der Jahresurlaub! Noch kürzer! Und immer, behaupteten die Menschen, hätten sie keine Zeit, oder vergeudeten sie mit überflüssigen Beschäftigungen. Und er, der Besucher und Beschwerdeführer, solle sich doch wirklich mal überlegen, ob seine Probleme im Angesicht dieses Steins, den das Wasser in Millionen von Jahren glatt und rund geschliffen, den die Natur mit einer herrlichen Maserung versehen hatte, ob diese angeblich zu gefährliche Haltestelle wirklich so wichtig sei. Mit diesen

Worten hatte ihm der Beamte den Stein in die Hand gedrückt, und er, der Besucher war völlig verdutzt gewesen, hatte ihn unwillkürlich genommen. Daraufhin hatte ihm der Beamte einen guten Tag gewünscht. Er, der Besucher, war gegangen, immer noch verblüfft. Der Stein lag jetzt glatt und kühl in seiner Hand, oder strahlte er sogar etwas Wärme aus? Der Stein fühlte sich gut an.

Eickmeiers Kollegin kam aus dem Nebenzimmer kurz herein, fragte, wie der Urlaub gewesen sei, bewunderte die Bräune, sah die Steine auf dem Schreibtisch (aha, Souvenirs aus Spanien, viel Steine gab's und wenig Brot, was?) und verschwand wieder. In den nächsten Tagen und Wochen verteilte Eickmeier weitere Steine, seine Ausführungen über die Zeit und die Wertigkeit der Dinge wurden länger, sein Vortrag geschmeidiger und flüssiger. Er ließ sich kaum unterbrechen. Doch es gab auch Besucher, die darauf pochten, ihre Belange behandelt zu sehen. Bei denen musste er notgedrungen sachlich werden und etwas unternehmen. Jeden Tag hörte er überwiegend Beschwerden, nur vereinzelt machte mal jemand positive Vorschläge. Ein Lob bekam er selten, auch seine Vorgesetzten lobten ihn nie. Bekam ein Bürger mal Recht, ließen sie ihn merken, dass er versagt hatte. Aber das mit den Steinen machte ihm Spaß. Das hatte auch schon den Urlaub gerettet. Bald wanderte ein neuer Beutel mit spanischen Kieselsteinen aus dem Eickmeierschen Keller ins Rathaus.

Die Kiste war noch nicht zur Hälfte leer, als Eickmeier in die Registratur versetzt wurde.

Krolows Methode

Der Schuss saß. Sein Widerhall verlor sich zwischen den dunklen Bäumen des Waldes. Ludwig Krolow senkte den Drilling, wechselte Stand- und Spielbein, entspannte sich und die Waffe.

„Blatt!", sagte Meier bewundernd.

„Was sonst!", erwiderte Krolow und stakste los, um sich sein Opfer anzusehen. Meier folgte ihm über die Lichtung. Es war früher Abend, die Sonne hatte sich hinter einigen Wolken verzogen, bald würde die Dämmerung endgültig hereinbrechen.

Das Reh lag auf der Seite, blutete kaum.

„Sauber hingeferkelt", bemerkte Krolow, „und da behaupten diese grünen Fuzzis immer, das sei Tierquälerei. Ha! Idioten!"

An Einbildung und Arroganz fehlte es ihm nicht. Auch trat er gern großspurig auf, fuhr einen teuren Volvo und war immer schnieke gekleidet. Jetzt natürlich im grünen Jägerzeug; das flotte Hütchen stand ihm gut, musste Meier neidlos zugestehen.

„Ich hole das Tier nachher mit der Arke", sagte er.

„Haben wir die alte Kiste immer noch?"

„Ja, sicher, die ist prima in Ordnung. Auch der Deckel funktioniert, ich habe die Scharniere geölt. Seitdem ich zwei Räder anmontiert habe, kann man das Ding wie einen Einkaufsroller benutzen."

Krolow lachte. „Ja, nur dass wir hier billiger einkaufen als in jedem Supermarkt, gewaltig billiger."

Sie kehrten um und erreichten nach einer Viertelstunde die Jagdhütte, die mit ihrem weiträumig umzäunten Areal mitten im Wald lag. Viele Leute träumten sicher von solch einem Wochenendhäuschen, aber so etwas im Wald zu bauen war schon lange verboten. Lediglich kleine Schuppen zur Aufbewahrung von Jagd- und Pflegewerkzeugen waren erlaubt. Doch manche Schuppen wuchsen jedes Frühjahr ein wenig, bis sie schließlich eine akzeptable Größe erreichten und den Aufenthalt mit Ofen und Nasszelle angenehm machten. Passieren tat nicht viel, die meisten Jägervereine hatten prominente Mitglieder mit guten Kontakten zur Landesregierung. Die Herren Minister jagten meist selbst auch. Ab einer gewissen Position galt die Jagdflinte als Zugehörigkeitssymbol. Und wenn sie dann eingeladen wurden und ein kapitales Tier vor die Flinte kriegten, soffen sie hinterher mit und schwiegen. Einmal im Jahr fand sogar eine Prominentenjagd am Niederrhein statt, zu der auch der jeweilige Bundespräsident eingeladen wurde. Auf dem Pressefoto standen dann die erfolgreichen Jäger vor ihrer Strecke mit Häschen und Fasanen.

Die kleinen Fenster der Hütte, die mit rotweißgewürfelten Gardinen verhängt waren, ließen nur wenig Licht durch. Krolow stieß die Eingangstür auf. Lautes Stimmengewirr empfing sie, dicker Zigarren- und Zigarettenqualm hing in der Bude. Die anderen hatten bereits etliche Kronenkorken von den Stauderflaschen abgehebelt, auf dem klobigen Holztisch stand eine halbleere Flasche von Rautenbergs Rachenputzer. Das Zeug hatte Krolow, der beim Zoll beschäftigt war, billig besorgt. Was die meisten Menschen nicht wussten: der Zoll war auch im Inland tätig und für die Verbrauchsteuern, zum Beispiel die Bier- und Branntweinsteuer, zuständig. Da fiel schon mal was ab. Bei manchen Brauereien standen die Zöllner mit auf der steuerbegünstigten Haustrunkliste, das ergab zwei Kisten kostenlos pro Monat.

Der Jagdclub ‚Frisches Grün' war fast vollzählig anwesend, obwohl keine Jahreshauptversammlung stattfand. Aber es war einfach gemütlich in der Waldhütte. Man konnte bei Schnaps und Bier prima klönen über vergangene und künftige Heldentaten beim Jagen. Hinter der Hütte, an der mit Split gesicherten Zufahrt, standen mehrere Mercedes, Krolows Volvo, ein Chevrolet und Meiers Opel-Astra. Meier war auch beim Zoll. Allerdings arbeitete er, im Gegensatz zu Krolow, der es bis zum Oberzollrat gebracht hatte und ein Amt leitete, als Zollobersekretär im mittleren Dienst und war in der Zollabfertigung eingesetzt. Er durfte sich mit Güterwaggons voller Apfelsinen und Kartoffeln und holländischen Lastwagenfahrern herumschlagen. Das Besondere an Meier war, und deshalb gehörte er überraschenderweise dem erlauchten Jägerkreis an: er besaß die Jagd und die Hütte! Weiß der Teufel, wie er daran gekommen war. Jedenfalls mussten die anderen ihn in Kauf nehmen.

Allerdings meinten die meisten Kollegen und Freunde, Krolow sei der Eigentümer. Der trat entsprechend auf, erzählte ständig von seiner Jagd. Meier war ihm sprachlich nicht gewachsen und außerdem sein Untergebener. Meier schwieg.

Zolloberinspektor Bernd Schäfer brauchte jeweils ungefähr ein halbes Jahr, um sich auf einem neuen Posten einzuarbeiten, um den Durchblick zu haben, wie er das nannte. Manche Kollegen lachten ihn aus und meinten, so lange dauere das bei ihnen nicht. Doch nach dem halben Jahr ließ die gewonnene Routine Schäfer Zeit, sich um manche Dinge etwas intensiver zu kümmern als die meisten anderen das taten. Er begann zu recherchieren, Fragen zu stellen, auf die die Kollegen oft einsilbig oder ausweichend antworteten. Schäfer war beim Hauptzollamt Essen, das in der Innenstadt in der Nähe des Kennedy-Platzes lag, der früher einmal Gildenplatz geheißen hatte, für die Erstattung von Zöllen und Steuern zuständig. Zum Beispiel, wenn Waren ausgeführt wurden, oder wenn die lieben Kolleginnen und Kollegen einen Zoll- oder Steuerbescheid nicht ganz richtig ausgestellt hatten. Oder wenn aus dem Ausland eingeführte Waren aus irgendeinem Grund vernichtet werden mussten. Fünfundneunzig Prozent dieser Fälle wurden Routine, aber der Rest war manchmal interessant. Für Schäfer. Sonst wäre es doch stinklangweilig im Amt, meinte er. Zum Beispiel dieser iranische Teppichhändler an der Kettwiger Straße. Der dann und wann einige Ghoms oder Täbris wieder in sein Heimatland schickte und die Eingangsabgaben wieder haben wollte. Wahrscheinlich auch so ein Länderkreisverkehr, wie er immer wieder mit Butter und Butterfett stattfand. Um die Butterberge abzubauen, gab es saftige Steuererstattungen bei der Ausfuhr. Dass die Butter dann als billiges Butterfett wieder hereinkam und als Butter erneut wieder rausfuhr, fiel leider nicht immer auf. Einmal hatte Schäfer bei dem Iraner die Bücher geprüft, die Ein- und Ausgänge abgehakt und dann nach Verkaufsbelegen gefragt. Der Mann hatte mit den Achseln gezuckt. Belege? Quittungen? Die habe er nicht. Bei ihm käme nur Laufkundschaft herein, das ginge alles per Cash, die meisten wollten keinen Beleg oder nur einen Kassenzettel. Und die habe er nicht doppelt. Was denn das Finanzamt dazu sage, hatte Schäfer gefragt. Das richte sich nach den Prüfungsvermerken des Zolls, kam zur Antwort. Schäfer hatte sich ein Grinsen verkneifen müssen. Er hatte dann Quittungsblöcke mit Durchschriften angeordnet.

Oder die Sache mit dem Pilsner Urquell. Das trank Schäfer ab und zu gern, neben dem Essener Stauder und dem Königlichen aus Duisburg. Das Pilsner Urquell aus der Tschechoslowakei wurde zur Verteilung im Ruhrgebiet vom Bierverleger Camphausen in Altenessen importiert. Meist wurde der Gerstensaft schon an der bayerischen Grenze verzollt und versteuert. Die Tschechoslowakei gehörte zwar zum bösen Ostblock, aber die Geschäfte liefen gut. Die laufen immer, wie wir ja alle wissen. Von Zeit zu Zeit stellte Camphausen einen Antrag auf Erstattung, wenn Bier schlecht geworden war und von den Wirten zurückgesandt wurde. Das Bier aus den angebrochenen Fässern wurde dann auf dem Firmengelände im Beisein zweier Zöllner vernichtet. Das bedeutete, es wurde der Essener Kanalisation anvertraut. Anschließend konnte Schäfer die Abgaben erstatten. So wie es seine Vorgänger jahrelang gemacht hatten. Eines Tages fiel Schäfer auf, dass relativ viel Bier angeblich schlecht geworden war. Wie die Zollkollegen erklärten, waren volle, noch geschlossene Fässer dabei gewesen. Camphausen hatte sich gedacht, das Bier könne nach einer gewissen Zeit auf jeden Fall schlecht geworden sein. Er wollte kein Risiko eingehen. Ein Beweis war das nicht. Und noch etwas hatten die Kollegen berichtet: wenn Camphausen die Erstattung durch hatte, ließ er sich aufgrund der zollamtlichen Feststellungen regelmäßig den Gegenwert der verschütteten Flüssigkeit von der Brauerei in Pilsen überweisen. Und die zahlten auch immer brav, diese Kommunisten. Schäfer sorgte dafür, dass kein verschlossenes Fass mehr berücksichtigt wurde. Camphausen tobte, beschwerte sich bei der zollamtlichen Chefetage, erreichte aber nichts. Ausnahmsweise standen die Herren mal hinter Schäfer.

Dann kam die Sache mit dem Getreide. Das Silo stand in der Nähe des neuen Großmarktes, der jetzt Frischezentrum hieß. Die Firma Agrar-Import KG importierte Weizen, lagerte ihn im Silo ein und verkaufte ihn dann peu à peu weiter. Der Weizen kam zum großen Teil aus Argentinien. Von dort gelangte auch viel Fleisch nach Deutschland, Rindersteak, an dem viel Blut hing, im wahrsten Sinn des Wortes.

Irgendwann neigte sich die Getreidemenge im Silo ihrem Ende entgegen. Durch den Druck der zig Tonnen bildete sich in der untersten Ebene des Speichers ein Getreidebrei, der nicht mehr zu gebrauchen war, ein Paradies für Ratten und Mäuse. Bei Öltanks nannte man das ‚Sumpf'. Für diese Restmenge konnten die Eingangsabgaben erstattet werden. Voraussetzung war auch hier die Vernichtung unter zollamtlicher Aufsicht. Vernichten bedeutete in diesem Zusammenhang keine andere als die vorgesehene Verwendung, sondern eine Zerstörung, die nicht rückgängig gemacht werden konnte. Zum Beispiel Verbrennen oder Zerschlagen. Oder ab in die Kanalisation wie beim Bier. Oder die Methode Krolow.

Seit Jahren musste das schon so gelaufen sein. Schäfers Vorgänger hatten immer anstandslos erstattet. Beim zweiten Erstattungsantrag, der auf Schäfers Schreibtisch flatterte, überraschte ihn, dass regelmäßig Obersekretär Meier zum Frischemarkt fuhr. Sonst wechselten sich die Leute ab, wurden zu zweit tätig, aber hier, das sah Schäfer in den alten Akten, fuhr immer Meier raus. Außerdem hatte er sich bisher keine Gedanken darüber gemacht, wie denn das zermanschte Getreide vernichtet worden war. Vernichtet auf Nimmerwiedersehen, dem Wirtschaftskreislauf endgültig entzogen, wie es gesetzlich vorgeschrieben war. Sonst gab es keine Kohle vom Zoll. Schäfer rief Meier an. Ob er bei der nächsten Abfertigung mit rausfahren könne? Er würde sich das gern mal ansehen. Meier begann zu stottern, brachte seltsame Ausflüchte vor. Als Schäfer insistierte, sagte Meier, er hätte in den nächsten Tagen aus anderen Gründen beim Hauptzollamt zu tun und würde das lieber unter vier Augen besprechen. Schäfer willigte zögernd ein. So erfuhr er von Krolows Methode. Zunächst zierte sich Meier, versuchte Nebelkerzen zu werfen, doch dann packte er aus. Es stank ihm nämlich schon lange, dass der Krolow immer erzählte, er hätte eine Jagd. Wo doch er – Meier – in Wirklichkeit…

"Wie, was?"

Schäfers Gesicht wurde zum Fragezeichen. Er kannte natürlich das Gerede über Krolow, dass der ab und zu irgendwo jagte und auch gern über seine Teckel erzählte, die zur Fuchsjagd eingesetzt wurden. Die rücksichtslos ins Hundeheim kamen, wenn sie nicht richtig funktionierten. Aber weiter hatte Schäfer sich darüber keine Gedanken gemacht. Fast jeder Zöllner pflegte seine Hobbys, sonst hätte man den Job gar nicht ausgehalten. Meier hatte, obwohl ihm das Verhalten Krolows nicht passte, still gehalten. Schließlich war der als Leiter des Zollamts Essen-Segeroth, direkt gegenüber dem Puff gelegen, sein Chef.

Die Sache lief so: Die Firma meldete eine Vernichtung an, Krolow schickte in der Regel Meier. Der fuhr raus zum Silo beim Frischezentrum. Die Firma hatte dann die Weizenpampe bereits auf den Sattelschlepper gepumpt. Meier stieg zum Fahrer in die Kabine und ab ging es in die Wälder bei Kirchhellen, zu Krolows Jagdgebiet, das hieß also zu Meiers Jagdhütte. Dort wurde das Ganze ausgeschüttet und im Laufe des Winters an das Rot- und Damwild verfüttert. Zur Jagdsaison stand das Wild dann gut im Futter und Krolow und seine Schützenbrüder, auch Meier durfte aber und zu mal seinen Püster betätigen, knallten die Tiere ab. Das nannten die Jäger Hege und Pflege. Dafür wollten sie sogar öffentlich gelobt werden.

Schäfer blieb die Sprache weg. Er blickte Meier mit großen Augen an, räusperte sich, stockte. Versuchte es erneut: „Und das haben Sie mitgemacht?"

„Ich konnte doch nicht anders, der ist doch mein Chef! Außerdem hänge ich mit drin!"

„Aber…".

Meier wurde ganz klein, blickte unglücklich, rieb sich die schweißnassen Hände.

„Damit ist jetzt Schluss!", befahl Schäfer. Immerhin befand er sich drei Dienstgrade höher als Meier. „Und Sie fungieren als Zeuge! Dann können wir den Krolow lahmlegen, da freuen sich schon viele drauf. Der hat anscheinend noch andere Sachen auf dem Kerbholz. Das ist glatte Steuerhinterziehung, Begünstigung im Amt, Betrug, begangen durch eine Amtsperson. Das darf doch wohl nicht wahr sein!"

„Nein!" Meier schrie fast auf. „Nein, nicht als Zeuge, ich kann nicht, ich habe Frau und Kinder, das geht nicht."

„Was hat das denn damit zu tun?"

Meier zögerte, traute sich wegen des Dienstgradunterschieds wohl nicht so recht, Schäfer eine gewisse Naivität zu unterstellen. Dann meinte er: „Ja, der Krolow hat das doch immer nur mündlich angeordnet. Es gibt keine Belege mit seiner Unterschrift. Der einzige, der unterschrieben hat, der für die Vernichtung gerade stehen muss, bin ich. Bitte…!"

Meier hob die Hände, als wolle er beten, weinte fast. „Wahrscheinlich kriege ich ein Verfahren an den Hals, der Krolow redet sich doch raus, dem passiert nix."

Das stimmte. Krolow konnte man nichts nachweisen, der würde behaupten, Meier habe ihn falsch verstanden.

„Menschenskind, Menschenskind", murmelte Schäfer.

Rückwirkend war nicht mehr viel zu machen. Das meiste war verjährt, und wegen Meier musste Schäfer jetzt schweigen. Wie viele Tausender dem Staat wohl verloren gegangen waren? Schäfer rechnete die letzten Belege hoch. Einiges! Und wie raffiniert der Krolow die Ware wieder in den Wirtschaftskreislauf eingefädelt hatte! Die aßen wirklich sehr preiswert ihre frischen, zarten Rehmedaillons oder Rehnüsschen, ihre gebeizten, gespickten Hirschrücken oder das Hirschragout nach Älpler Art! Auf Steuerzahlerkosten. Auf dem

Sektor passierte zwar noch mehr – aber so direkt war Schäfer damit bisher nicht konfrontiert worden. Er lehnte den nächsten Erstattungsantrag der Agrar-Import KG mit der Begründung ab, die Vernichtung sei nicht nachgewiesen worden. Ab sofort war Schluss damit, es sei denn, die Firma ließ sich etwas Neues einfallen. Aber so einfach würden sie das Zeug nicht wieder loswerden. Die Firmenleute waren so klug, keinen Einspruch einzulegen und sich nicht zu beschweren.

Krolows Methode war damit erledigt. Krolow nicht. Der Adjutant hatte den Leitwolf gebremst. Erlegt hatte er ihn nicht. Weil der Muschkote gerettet werden musste.

Duft der Freiheit

Die Stadt lag im Licht eines sonnigen Dezembertages und lockte. Allerdings nicht mich. Ich wollte nicht. Wollte nicht raus aus der Zollstelle am Essener Hauptbahnhof, wo ich arbeitete. Meine Kollegen tippten sich an die Stirn. Der hat mal wieder seine Marotten, sagten sie. Wir schrieben die siebziger Jahre des 20. Jahrhunderts. Die Neuzeit. Manche sprachen von der Postmoderne. Das sagte mir damals nichts. Was mich beschäftigte, war weniger meine Arbeit als ein Erlass meines obersten Dienstherrn, des Bundesfinanzministers Helmut Schmidt von der sozialdemokratischen Partei. Ludwig Erhard, ehemaliger Wirtschaftsminister und zweiter Kanzler der jungen Bundesrepublik, Mitglied der christlich demokratischen Union, angeblicher Erfinder des ‚Wirtschaftswunders', hatte seinerzeit die Wirtschaft mit Hilfe der US-Amerikaner angekurbelt. Genauer gesagt: mit deren Geld. Getreu den Maximen Ludwig Erhards wollten natürlich auch seine Nachfolger gern künstlich die Wirtschaft in Gang halten. So ließ sich Finanzminister Helmut Schmidt etwas einfallen: einen freien Nachmittag für die Beamten. Nicht, um zu Hause bei der Familie zu sein oder Sport zu treiben. Das nicht. Man musste einkaufen gehen. Das Weihnachtsgeschäft sollte belebt werden. Ich wollte das schon allein deshalb nicht, weil es befohlen worden war. Ich hatte außerdem mit Weihnachten nichts am Hut. Die Kollegen, die mich für ziemlich blöd hielten, meinten, ich müsse ja nichts kaufen. Es sei nicht angeordnet worden,

Quittungen vorzuweisen. Ich könne mir doch einen schönen Tag machen. Wie sie auch. Sie hatten nämlich schon längst ihre Weihnachtsgeschenke beisammen.

„Ich propagiere den einkaufsfreien Nachmittag!", hatte ich geblödelt, dann aber meinen Vorgesetzten angerufen und gesagt, ich würde auf den freien Nachmittag verzichten. Aus Prinzip. Der war überrascht. Was denn der Quatsch solle? Ich sei der Einzige, der Schwierigkeiten mache. Ich wolle nichts kaufen, erwiderte ich, ich brauchte nichts zu kaufen, und außerdem fände ich die Sache gegenüber den Steuerzahlern unverantwortlich. Den Beamten freizugeben koste doch Millionen aus dem Steuersäckel, und verdienen täte der Einzelhandel. Außerdem bedeute das eine Manipulation des freien Wettbewerbs, der freien Marktwirtschaft. Der Vorgesetzte hatte verdutzt geschwiegen und dann gesagt, er würde zurückrufen. Das tat er nach einer Stunde. Wahrscheinlich hatte er sich Rückendeckung bei seinem Vorgesetzten geholt. Ich müsse einkaufen gehen, das sei eine dienstliche Anordnung, die käme von ganz oben, der würde er sich anschließen, und ich hätte sie zu befolgen. Ich würde aber lieber arbeiten, hatte ich geantwortet. Ich müsse die Anordnung befolgen, sagte er noch einmal kurz, und drohte mir disziplinarische Folgen an, falls ich nicht gehorchen würde. Die Kollegen feixten. Das war für sie spannend. Mal sehen, in welche Scheiße ich mich da reinreiten würde. Ich überlegte drei Tage lang, schimpfte auf das Berufsbeamtentum (einem Gesetz der Nazis von 1933, das immer noch galt), auf die Hierarchie, auf Vorgesetzte, die kein Rückgrat hätten, im Allgemeinen und auf unseren Chef im Besonderen. Die Kollegen feixten.

Dann kam dieser sonnige Wintertag, der, wenn es nicht so kühl gewesen wäre, an den Frühling erinnerte. Ich blickte durch die verschmutzten Scheiben der kleinen Dienststelle nach draußen. Die Sonne lockte. Über uns donnerten die Züge durch den Hauptbahnhof. Ließen mich an Urlaub und Freiheit denken. Zufrieden war ich in diesem Behördenapparat, der dem Bundesfinanzminister unterstand, schon lange nicht mehr. Aber was tun? Wie unter Zwang zog ich meine Jacke an, sagte tschüss und trat vor die Tür.

Gegenüber dem Hauptbahnhof liegt das Hotel Handelshof mit seinem riesigen Schriftzug Essen die Einkaufsstadt auf dem Dach. Sic!, dachte ich. Ja, ja, die Einkaufsstadt, klar, aber waren nicht alle Städte im Ruhrgebiet oder anderswo Einkaufsstädte? Welche Stadt warb eigentlich mit Kultur? Geradeaus erblickte ich den Willy-Brandt-Platz, der früher Kettwiger Tor hieß. Nichts gegen Brandt, aber Kettwiger Tor fand ich besser. Geradeaus konnte ich die Kettwiger Straße hinunterschauen, Essens fußläufige Einkaufszone. Zunächst heftig bekämpft durch die Kaufleute, die inzwischen vor Wohlbehagen nicht mehr Papp sagen konnten. Ich las Schilder wie Peek und Cloppenburg, Karstadt Hören und Lesen, Tabak Höing, Lichtburg, C & A. Menschen strömten in die Stadt hinein, andere kamen mit Einkaufstüten in beiden Händen zurück. Nach links ging es durch die Hachestraße an der Hauptpost vorbei zur Zentralbibliothek in der Hindenburgstraße. Ein Ziel, das ich häufig ansteuerte. Nach rechts verlief die Hollestraße, an deren Ende linkerhand die Volkshochschule lag. Ein Waschbetonbau in verschachtelten kubischen Bauteilen, der in den sechziger Jahren modern gewesen war, ebenso wie die Erfindung der Volkshochschulen. Ich hatte dort schon Abendveranstaltungen besucht, unter anderem Lesungen. Auch Weiterbildungskurse konnte man belegen.

Ich ging nach rechts. Zur Volksbildungsanstalt. Immerhin nannte sich das Hochschule. Volkshochschule. Ich schrieb mich für einen Deutsch- und einen Geschichtskurs ein. Ein weiteres Fach, ich wählte Musik, wollte ich selbst zu Hause beackern. Ich konnte Klavier spielen, die Theorie würde ich nachlesen. Formulare für die Anmeldung zur Begabtensonderprüfung für das Lehramt an Schulen in Nordrhein-Westfalen wurden mir mitgegeben. Als ich die Hollestraße entlang zum Kettwiger Tor zurückkam, war es noch nicht Feierabendzeit. Ich betrat die kleine Kneipe Laterne gegenüber dem Hauptbahnhof und genehmigte mir ein ‚Siegerpils'. Denn wie ein Sieger kam ich mir vor. Wollte ich doch dem Arbeitgeber, wie ich meinte, ein Schnippchen schlagen. Es bewahrheitete sich, doch vorher kostete es einiges an Schweiß. Die beiden Kurse fanden dienstags und donnerstags von 19 bis 22 Uhr statt. Ein ganz schöner Schlauch nach einem vollen Arbeitstag. An den Wochenenden hatten wir genügend zu tun mit Schularbeiten. Es war fast wie früher. Wir gingen wieder ‚zur Schule'. Die Mühe wurde aufgewogen durch die interessanten Menschen, die ich kennenlernte. Die Kursleiterin für Deutsch, eine Gymnasiallehrerin, und der Kursleiter für Geschichte, ein Dozent der noch nagelneuen Gesamthochschule Essen, boten Einblicke und Erkenntnisse, die uns in der Schulzeit verwehrt worden waren. Das war höchst spannend. Die Mitstreiter setzten sich aus Leuten verschiedener Berufe zusammen, die alle viel erzählen konnten und etwas Neues vorhatten. Wie ich.

Am spannendsten waren die Pausen, die wir in der Kantine verbrachten. Ein halb offener Raum auf einer Empore des großen Saales, wo es Bier, Kakao, Cappuccino, belegte Brötchen und kalte Buletten gab. Auch ein großer runder Tisch stand dort, an dem ich zusammen mit einem Fachbereichsleiter der VHS den zweiten Essener Literaturstammtisch gründete. Aber das ereignete sich später. Vorerst hockten wir in den Pausen in der Kantine und quatschten über Gott und die Welt. Vor allem über Politik. Damals wollte ich, wenn ich einmal unzurechnungsfähiger Rentner sein würde, so drückte ich mich aus, Franz-Josef Strauß am liebsten direkt an die Gurgel gehen. Ich wollte ihn aus der Politik vertreiben. Es gelang später, ihn durch Demonstrationen und politische Aktivitäten als Bundeskanzler zu verhindern. Dafür bekamen wir Dr. Helmut Kohl, was einem Sprung vom Regen in die Traufe bedeutete. Meine Mitstudenten bewunderten mich. Es war aber eine sichere Sache: Wenn ich so alt sein würde, wie Strauß nie geworden ist, wäre er normalerweise nicht mehr unter den Sterblichen gewesen. Er erstickte, wie es hieß, stockbesoffen am Erbrochenen bei einem Jagdausflug, bevor ich irgendwelche Dummheiten hätte begehen können.

Irgendwann beschlossen wir, keine Pause mehr zu machen, sondern den Unterricht am Ende zu kürzen. Einige wollten lieber eher nach Hause, da der nächste Tag für sie früh anfing. Der Rest, der harte Kern, wie ich zu sagen pflegte, steuerte nach Schluss der Kurse die Kantine an. Auch der Sprachgebrauch war modernisiert worden. Es hieß nicht mehr Kantine, sondern Caféteria. Wie auf Fähren und Traumschiffen. Natürlich ist dieses Wort für Menschen im Ruhrgebiet viel zu kompliziert und zu lang. So hieß es kurzerhand Caféte, was der Sache einen französischen Touch gab. Es hätte durchaus öfter sehr spät werden können, wenn nicht das Personal gewesen wäre. Die Damen wollten um 22.30 Uhr Schluss machen. Sie hatten ein Recht darauf. Wir verstanden das. Es passte uns aber überhaupt nicht. Schließlich fanden wir einen Kompromiss: die irische Lösung. Kurz vor Toresschluss orderten wir noch ordentlich, die Damen ließen die Rollladen pünktlich herunter, und wir versprachen, die leeren Gläser und Teller auf die Theke zu stellen, wo sie am nächsten Tag gefunden und abgeräumt werden konnten. Um halb zwölf war dann endgültig Schluss, der Hausmeister erschien und warf uns raus. Die Bildungsanstalt für das Volk wurde abgeschlossen. Das Volk musste ins Bett, um am nächsten Tag wieder gesund und munter und einsatzfähig zu sein. Schließlich sollte das Wirtschaftswunder ja weitergehen.

Um es kurz zu machen: Die Kurse waren nützlich, viele von uns bestanden die Prüfung, die zum Studium berechtigte. Vor allem in Musik beeindruckten meine dilettantischen Improvisationen die beiden Prüfer sehr. Allerdings wählte ich als Studienfächer lieber Germanistik und Geschichte. Ich sparte noch fünf Jahre und kündigte dann im Alter von vierzig Jahren meinen Beamtenjob, der mir dauerhafte Sicherheit versprach (lebenslänglich, pflegte ich zu sagen). Von vielen wurde ich für verrückt erklärt. Man gibt doch nicht einen solch sicheren Job auf! Einen guten Verdienst – und dagegen? Das Nichts? Das Studium bot mir viel und machte Spaß. Vor allem lernte ich Menschen aus Bereichen kennen, die mir vorher verschlossen geblieben waren. Ich lernte auch, was unter Postmoderne zu verstehen war. Nebenher arbeitete ich journalistisch und verdiente damit Geld. Ich war glücklich. Nach bestandenem Staatsexamen erfüllte ich mir einen langen Traum: Meine Frau (die ebenfalls ihre Arbeitsstelle kündigte) und ich kauften einen alten VW-Campingbus und wir machten uns für ein Jahr aus dem Staub, auf eine Reise durch Westeuropa, die von Jütland bis Portugal und dann in die Provence führte. Wir waren glücklich. Danach war alles anders. Wir hatten Blut geleckt, was gewisse Freiheiten betraf. In normale Jobs zurück? Das ging nicht mehr. Wir gelangten in die Kunst- und Kulturszene, was schließlich mit beruflicher Selbständigkeit endete. Wir waren glücklich. Im Nachhinein ließ sich sagen, dass die Entscheidung richtig war. Doch wann und wo war sie gefallen?

Immer wieder schiebt sich dieser Waschbetonbau mit seinen verschachtelten kubischen Bauteilen vor mein geistiges Auge, vor allem aber die Caféte, dieser relativ offene Raum auf einer Empore des großen Saales, wo es Bier, Kakao, Cappuccino, belegte Brötchen und kalte Buletten gab. Manchmal Bilderausstellungen, auch politische Aktionen. Später, als ich oft aus anderen Gründen wieder Abende in diesem Bau verbrachte (wir trafen uns mit der örtlichen Gruppe des Bundes für Umwelt und Naturschutz dort und mit dem Literaturstammtisch), zog es mich nach den Pflichtübungen stets in die Caféte, die von anderen als scheußlich bezeichnet wurde. Die anderen – andere andere als damals – wollten lieber eine der umliegenden Kneipen aufsuchen. Manchmal schaffte ich es, die Leute zu überreden. Sie verstanden nicht, was ich an diesem Ort gefressen hatte. Sie konnten es nicht verstehen – und ich wollte es nicht erklären. Mir zog es das Herz zusammen, wenn ich mir ein Bier dort bestellte. Und es war mir sehr vertraut, wenn die Bedienung – längst waren es andere Damen – pünktlich die Rollläden herunterlassen wollte. Es schien sich nichts geändert zu haben.

Inzwischen hat sich gewaltig etwas geändert. Die Volkshochschule ist in einen modernen Bau in der Stadtmitte umgezogen, die alte Atmosphäre ist dahin. Obwohl es sich bei der alten VHS um ein Filetgrundstück handeln soll, hat sich bisher kein Investor gefunden. Der Bau steht noch und verfällt. Die früher einmal helle Fassade sieht dunkel und verschmutzt aus. Dieser Waschbetonbau mit seinen verschachtelten kubischen Bauteilen, mit dem modernen Baustil der sechziger Jahre des vorigen Jahrhunderts, macht einen traurigen Eindruck. Auf der einen Seite neben dem Eingang sind die Mauern wild besprüht, auf der anderen Seite durfte ein Künstler sich austoben. Bunte Lichtblicke. Ob sie noch da ist, die Caféte? Ich sehe sie vor mir, ja, ich rieche den Duft des Cappuccinos und der Brötchen. Den Duft meiner Freiheit.

Tässchen Kaffee mit Wibbelt

Ich habe fragen lassen, ob ich kommen darf. Er ist nämlich nicht mehr der Jüngste, und ich habe gehört, dass ihm Besucher manchmal auf den Geist gehen. Vor allem, wenn sie lange bleiben. Aufgeregt haben soll er sich über Leute aus Münster, die unangemeldet kamen, sich in seiner Küche breit machten, Gitarre spielten und über zwei Stunden blieben. Heute würde man sagen: das war eine echte Fan-Group, aber was zu viel ist, ist zu viel. Und manchen soll er trotz Anfrage abgesagt haben, vor allem Leuten vom Rundfunk. Da wär' ich aber froh, wenn die mal zu mir kämen! Doch Wibbelt war ein Schreiber, ein Mann der Bücher, der Print-Medien, wie es heute heißt. An seinem siebzigsten Geburtstag im Jahr 1932 (er lebte von 1862 bis 1947) rückte der Rundfunk an, baute den Sendewagen auf, legt Kabel, jede Menge Leute kamen: doch der Vogel war ausgeflogen. Wibbelt hatte einen Tagesauflug nach Aachen unternommen.

Ich weiß nicht mehr, was ich am Telefon gesagt habe (man muss einen Neffen anrufen, der dann vermittelt), jedenfalls hat es wohl einen positiven Eindruck hinterlassen. Vielleicht, weil ich auch dichte?

Wie dem auch sei, jetzt bin ich also mit dem Fahrrad unterwegs, vom Literaturmuseum Haus Nottbeck aus, dem Kulturgut, das vor einem Jahr, 2001, eröffnet worden ist. Es hätte ihm sicher gefallen. Ich nutze schmale, geteerte Nebenstraßen, über Vellern Richtung Vorhelm. Einmal geht es unter der Autobahn durch, dafür aber anschließend am

Wald entlang, über Wege, die eingezäunt sind, ach nein, jetzt gehen die Pferde mit mir durch, letztere sind eingezäunt und grasen auf den sehr grünen Wiesen, aber es ist wie im Zoo: manchmal zweifelt man, wer vor oder wer hinter dem Gitter lebt.

Ich erreiche den Hof mit der Kapelle. Hier ist Augustin Wibbelt geboren, aufgewachsen, hierhin hat er sich nach seiner Pensionierung als Pfarrer zurückgezogen, hier liegt er begraben. Wo sich das Herz Westfalens befindet, wie er meinte, sich die Höfe mit den roten Dächern in der Landschaft ducken, im bunten Durcheinander von Wald, Feld und Wiese. Vögel zwitschern, Hühner gackern, immer mal wieder kräht ein Hahn, in der Ferne bellt ein Hund. Bei Sonnenschein, wie heute, stimmen die Klischees, ist das Zusammenspiel von Farben, Klängen und Düften, die durchaus herb sein können, besonders gut zu genießen.

Er steht hinter dem Gartentörchen, als hätte er meine Fahrtzeit gestoppt. Den unverkennbaren Hut auf, heute, vielleicht ausnahmsweise, in einer hellen Jacke, denn sonst kennt man ihn eher in schwarzer Kleidung, die an seinen Brotberuf erinnert. Ich sehe sein markantes Kinn, die kräftige, gerade Nase, er stützt sich auf einen Stock, zieht den Riegel am Tor zurück, öffnet und macht eine einladende Handbewegung. Ich schreite unter Linden hinweg auf das Haus zu, sehe im Garten vor einem Rhododendronstrauch unter einer Kastanie zwei Bänke auf der Gänseblümchenwiese, dazwischen einen klobigen, ausgemusterten Küchentisch, dem die Schublade fehlt. Auf dem Tisch stehen zwei Tassen und eine große Kanne mit Kaffee. Der Duft der Pflanzen mischt sich mit dem des Kaffees, schnuppernd ziehe ich die Luft ein.

„Tässchen Kaffee?" fragt Wibbelt, der langsam hinter mir her gekommen ist.

„Gern", sage ich, „es riecht gut hier."

„Das will ich wohl meinen. Die Städte mag ich nicht mehr, und überhaupt rückt mir die Industrie zu nah auf den Pelz. Da bin ich froh, in dieser Ecke leben zu können."

Mir fällt die Autobahn ein, hier hört man nichts, vielleicht steht der Wind günstig.

Wir setzen uns, er schenkt ein.

„Aber Sie haben ja mal in Duisburg gearbeitet", wende ich ein, „da waren Sie ziemlich mitten drin im Industriegedöns."

„Gedöns ist gut", er lächelt verschmitzt, der Ausdruck scheint ihm gefallen zu haben, „ja, dort war mein erster Arbeitsplatz, bei den Arbeitern, es gab genug zu tun neben der reinen Seelsorgertätigkeit."

Er nimmt einen Schluck. Während mir der blöde Spruch Draußen nur Kännchen durch den Kopf geht, erzähle ich ihm, dass auch ich einmal eine Zeitlang in Duisburg gelebt und gearbeitet hätte, in den sechziger Jahren, als am Innenhafen noch etwas los war, als Küstenmotorschiffe eingefahren kamen und ihre gewaltigen Hörner ertönen ließen, damit der Schleusenmeister die Marientorbrücke aufklappte und anschließend die Schwanentorbrücke an ihren vier Pfeilern hochfahren ließ. Und in der Nähe die Altstadt mit ihrem Rotlichtmilieu, vor allem der Goldene Anker...

Wibbelt räuspert sich.

„1899 kam ich dorthin. Da war die Industrialisierung voll im Gang. Und schnell merkte ich, wo meine Position war. Der erste christliche Metallarbeiterverband wurde gegründet, es ging um demokratische und soziale Ansprüche. Natürlich habe ich bei der Arbeiterzeitung, dem Echo vom Niederrhein mitgearbeitet, und ...", er wendet sich mir zu und blickt mir in die Augen, „du kannst mir glauben, dass wir scharf beobachtet wurden."

Ich glaube, er hat gar nicht gemerkt, dass er mich geduzt hat. Ich empfinde es als Lob. Er erzählt weiter von Duisburg, und ich stelle fest, dass ich einen freien Geist vor mir habe, der sehr starke sozialpolitische, ja fast schon antikapitalistische Vorstellungen verfolgt hat. Und einen sehr toleranten Menschen, der, wie ich irgendwo gelesen habe, über den berühmten Dichter Gottfried Keller gesagt hat: De Gottfried, dat was en düftigen Käl, owwer de aolle Racker gloff nicks! Der Priester und sein ungläubiger Lieblingsautor!

„Ja, und dann Kleve?" werfe ich ein.

„Von 1906 bis zum Schluss", nickt er. „Im Dorf Mehr bei Kleve. Ich wurde dorthin als Pfarrer versetzt. Vielleicht hatten meine Oberen Angst um mich in Duisburg. Der Garten in Mehr hinter dem Pfarrhaus war noch viel schöner als dieser hier, ein Traum, ein lauschiges Eckchen, für das ich meinem Schöpfer immer gedankt habe, und dafür, dass mir dort eine Menge eingefallen ist zum Aufschreiben."

Hier schrieb er etliche Romane, von hier aus redigierte er die in Essen erscheinende Wochenzeitung Christliche Familie. Ein Freund schrieb darüber in der Essener Volkszeitung 1931:

„Dort unter dem Birnbaum eine versteckte, von türkischem Flieder umblühte Geisblattlaube. Und drüben ein von schattigen Zweigen überwölbter Buchheckengang für philosophische Spaziergänger. Ich kann mir den Dichter und Pfarrer nicht denken ohne dies, nicht ohne den Garten, seine Stille, seine Schönheit und all die lieben, feinen und heimlichen Dinge, die es da gibt..."

Da hätte es mir auch gefallen, denke ich, während Wibbelt von Kleve erzählt, vom Dorf Mehr mit dem H in der Mitte, und vom Wyler Meer mit zwei E, das kein Wasser führt, von Zyfflich, dem Ort, der an letzter Stelle im Postleitzahlenbuch steht. Und wieder könnte ich sagen, ich hätte auch mal eine Zeitlang in Kleve gelebt und gearbeitet, was ich nicht tue, stattdessen flechte ich ab und zu eine sachkundige Zwischenbemerkung ein, die den Erzähler weiter anregt.

Hühner scharren auf der Wiese, gutmütig scheucht Wibbelt sie mit seinem Stock fort.

Plötzlich erzählt er von seiner Studentenzeit, wie sie mit mehreren Freunden eine lustige und ausgelassene Gruppe waren, die tabula rotunda in Münster, die eine Bierzeitung druckten, in der jeder über jeden ziemlich kräftig herziehen durfte. Er amüsiert sich heute noch darüber, ich merke den tiefen Humor, der aus diesem Mann spricht.

„Weißt du was, min Jong", sagt er plötzlich (so jung bin ich eigentlich nicht mehr, denke ich), „der Witz ist bestenfalls das Salz der Geselligkeit, der Humor ist die Würze des Lebens, der Witz macht Vergnügen, der Humor schenkt Freude."

Er stößt den Stock auf die Erde, nickt dazu mehrmals.

Ich pflichte ihm bei, frage nach seinem Arbeitszimmer, möchte wohl einmal einen Blick hineinwerfen in die Dichterstube.

„Ach, da sind doch bloß die Bökers!"

„Ja eben", sage ich, „deshalb ja. Sie haben doch sicher eine Menge davon, und was für welche!"

Jetzt fühlt er sich doch geehrt oder geschmeichelt. Und so schreiten wir beiden Büchernarren kurz darauf die dicht bestückten Bücherwände ab, Rücken reiht sich an Rücken, ledergebundene vor allem. Eine Standuhr ist integriert, auf einigen Regalsockeln entdecke ich kleine figürliche Skulpturen. Und die beiden Holzsesselchen mit ihrem Lederrücken, den Seitenteilen ebenfalls aus Leder, mit den Reihen von Messingknöpfen, standen dort, die sich heute im Wibbeltzimmer im Kloster Liesborn befinden. Und dann zeigt er mir – sein ganzer Stolz – mit wichtiger Miene, aber gleichzeitig lächelnd, eine Fotografie des provenzalischen Dichters Frédéric Mistral mit einer persönlichen Widmung an Augustin Wibbelt. Ob er mir denn auch eine Widmung ins Buch schreiben könne, frage ich.

„Ach Jong", winkt er ab, „wer bin ich schon."

Und irgendwie vergessen wir es.

Heimlich habe ich auf die Uhr geschaut – schon eine ganze Stunde bin ich hier, und der Kaffee ist fast alle. Also wird es Zeit zu gehen. Sein Händedruck ist fest, und als er bereits das Gartentörchen wider von innen verriegelt hat, ich gerade mein Bein über den Sattel schwinge und losfahre, ruft er mir nach:

„Und vergiss Dat Pöggsken nicht!"

Richtig. Dat Pöggsken, das bei Vorhelm im Loh an sumpfiger Stelle am Wasser steht, eine Skulptur der Stromberger Künstlerin Regina Liebenbrock.

Pöggsken sitt in'n Sunnenschien,
O, wat ist dat Pöggsken fien
Met de gröne Bücks!
Pöggsken denkt an nicks.
Kümp de witte Gausemann,
Hät so raude Stieweln an,
Mäck en graut Gesnater.
Hu, wat fix
Springt dat Pöggsken met de Bücks,
Met de schöne gröne Bücks,
met de Bücks int Water!

So was, denke ich, und schalte in den nächsten Gang, so was hat ein Pfarrer und sozial engagierter Schriftsteller geschrieben. Und zwei mir entgegenkommende Radler wundern sich, warum ich unvermittelt laut lache.

Vierter Teil

Der Teddybär von Tonga

Madonna

Eigentlich glauben wir nicht an Madonnen, auch nicht an die Popdame aus den USA, obwohl das eine recht kluge Frau ist, die sich bestens verkaufen kann. Eher ist mit diesem Begriff die Mutter jenes Knäbleins gemeint, das später zu(m) Gott aufsteigen sollte. Deren Darstellung in Irland häufig unter kleinen Überdachungen am Wegesrand auftaucht.

Wir kamen nach Clifden, wo sich der Fruit & Veg Market ein kräftiges Rostrot zugelegt hatte, an einer Tankstelle vier Jugendliche auf einem Bruchsteinmäuerchen hockten und sich langweilten. Während O'Tooles Bar mit großen dunkelblauen Versalien ihren Schornstein und die Giebelseite verschönt hatte, damit über alle Dächer hinweg auf sich aufmerksam machte, lockte das Ben View House mit einem ellipsenförmigen Nasenschild zu B & B mit Rooms en Suite. Unübertrefflich zeigte sich eine Toreinfahrt, die überschrieben war mit Goldens Animal Health Centre, überragt von einem der üblichen Henkelgläser mit einem Pint of Guinness Stout. Bedeutete das nun einen weiteren Qualitätsnachweis für das genannte Getränk, weil auch Tiere mit dieser Medizin geheilt werden konnten, oder war das Gebräu zur Tiernahrung degeneriert und wir würden aufpassen müssen?

Ein Wohnmobil in der Nähe hieß Genius. Obwohl der Besitzer nicht unbedingt so aussah. Aber das musste nichts zu bedeuten haben. Wenn ein Mensch nachdenkt, bekommt er einen dümmlichen Gesichtsausdruck, weil der Geist sich nach innen zurückzieht. Das behauptete jedenfalls Karl May in seinem Roman Durch die Wüste. Nun wollten wir dem Besitzer des Genius Gerechtigkeit widerfahren lassen. Vielleicht saß er in seinem Gefährt und schrieb ein Gedicht. Das sollte Ansporn sein für mich als Mitglied des Volkes der Dichter und Denker, wobei mich die Befürchtung überkommt, dass bei dieser Aufzählung das eine das andere ausschließen könnte oder müsste. Dichter und Denker sind demnach zwei verschiedene Gattungen, anders ausgedrückt: Dichter sind keine Denker. Das wäre logisch und der übliche Spruch demnach unlogisch, was wiederum nicht sein kann, denn deutsche Denker denken logisch. Was mich beruhigt, ist die Bemerkung des englischen Schriftstellers und Politikers Edward George Bulwer-Lytton, der unter anderem den Roman Die letzten Tage von Pompeji geschrieben hat, aus dem Jahr 1837, bei der er von den Deutschen als ,Volk der Dichter und Kritiker' gesprochen haben soll. Bulwers Spruch wäre logisch, auf der einen Seite die Produzenten, auf der anderen Seite die Rezipienten und Rezensenten. Wie so viele Sprüche hat auch dieser im Lauf der Geschichte und der Verballhornungen (Verbal-Hornungen?) seine Bedeutung gewechselt.

Dichter sind keine Denker? Fort ihr trüben Gedanken! Wandern wir zur Stadt auf der Suche nach den Engeln und lassen uns dort vom genius loci inspirieren, der in Irland durchaus durch ein gut gezapftes dunkelbraunes Stout mit gelbschaumiger Krone hervorgelockt werden kann, wobei ein kleiner Paddy oder Tullamore nicht schaden dürfte. Diese Stadt schickte uns einen Engel, dem es gelang, unsere wegen des Wetters, des wahnsinnigen Autoverkehrs und Ilses verstauchten Fußes zerknitterte Seelen zu glätten. Der Hinweis auf Heilungsprozesse bei Tieren mit Guinness Stout ließ uns hoffen; ähnlich stur wie die Iren hatten wir uns am Abend vertrauensvoll in E. J. Kings Bar & Restaurant 'The Square' begeben. Aufgeklärt wurden wir auf Speisekarten und Bierdeckeln darüber, dass dieses Etablissement Internationally renowned war for its Fresh Food, Oysters, Crabmeat, Seafood Chowder and Wild Irish Salmon. Und upstairs hieß es für die Besucher, dass dieses Restaurant sich spezialisiert hatte auf Traditional Irish Dishes. Und zu allem Glück wurde auch noch von Traditional Irish Music gemunkelt.

Abgesehen von unserem Hunger also reichlich Gründe, uns auf einem der dunklen Ledersofas an einem der rotbraunen niedrigen Holztischchen niederzulassen. Ein Blitzlichtfoto, das ich von Ilse machte, zeigt unübersehbar zwei noch volle Pints of Guinness Stout, der Schaum leicht erhöht mit seiner abgerundeten Kante oberhalb des Glasrands. Wir führten uns die genannten Seafood Chowders als Vorspeise, gefolgt von Lamb Shanks und Irish Stew, zu Gemüte. Das Lokal füllte sich langsam, an unserem Tisch ließ sich eine Gruppe junger Männer und Mädchen nieder, die bereits an anderem Ort dem Bier zugesprochen haben mussten. Ihre Stimmung war entsprechend, und nachdem wir uns ein wenig kennen gelernt hatten, gaben sie uns einen aus. Wir wollten uns revanchieren, was wir, trotz aller Bemühungen, an diesem Abend nicht schafften. Jedes Mal, wenn ich mich aus dem Sofa erhob, war einer der jungen Leute schneller bei der Theke.

Längst hatten wir die Verstärkeranlage in der Ecke entdeckt. Das sah nicht nach Irish Folk aus, eher nach moderneren und sehr lauten Klängen. Da sich bis zweiundzwanzig Uhr nichts tat, erwarteten wir keine Musik mehr und machten Anstalten zu gehen. In diesem Moment erschien durch den Hintereingang ein Mann mit Gitarre. Ein Kellner begann, die Lautsprecher abzumontieren, Hoffnung zog in unsere Herzen.

„Das warten wir noch ab!" erklärte Ilse, und ich schritt entschlossen zur Tat, in diesem Fall zur Theke, denn Warten bedeutete auf jeden Fall noch zwei Pints. Ein weiterer Musiker erschien, packte ein Banjo aus, beide Männer hatten außerdem Percussioninstrumente mitgebracht und machten sich in der Musikerecke zu schaffen. Langsam und bedächtig.

Mit eben diesem Tempo schlürften wir unsere Stouts.

„Sie könnten ja dazu singen", meinte ich, denn normalerweise waren die beiden Instrumente für Irish Folk ein wenig zu wenig.

„Eine Fiddle fehlt, oder eine Tin Whistle", sagte Ilse.

„Oder eine Bagpipe", ergänzte ich.

Dann erschien sie, unser Engel, die Queen von Clifden – kaum zwanzig Jahre alt, nicht blond oder rothaarig wie in Reiseprospekten, sondern dunkelhaarig, mit braunen Augen und hoher Stirn, ein Madonnengesicht – mit der Geige in der Hand. Und als sie loslegten, alle drei, setzten wir die Gläser ab und wurden still. Jigs und Reels wechselten in rasanter Reihenfolge, alle hörten gebannt zu, auch die jungen Leute uns gegenüber, sie summten mit, die Musiker spielten und spielten, schneller und schneller, und als sie die erste Pause einlegten, war es bereits nach Mitternacht. Verschwinden Engel nach Mitternacht? Diese guten Geister nicht, die Madonna von Clifden strich ihre Geige bis in den Morgen. Und wenn sie lächelte – nein, das ist kaum zu beschreiben, leicht schmerzlich, bei bestimmten Tonlagen –, wenn sie lächelte, ging niemand einfach an ihr vorbei.

Besonders die älteren Herren auf dem Weg zur Toilette nutzten die Gelegenheit, direkt vor ihr stehen zu bleiben, um scheinbar unauffällig der Musik aus der Nähe zu lauschen, denn sie wollten nicht nur hören, sie wollten sehen! Und zwar dieses Mädchen mit dem Madonnengesicht, das die Geige spielte, als hätte es sie der Teufel gelehrt.

„Das muss ich auch mal überprüfen", entschuldigte ich mich bei Ilse und stand auf.

„Seit wann zählst du dich denn zu den alten Herren?"

Ich ließ mich nicht beeinflussen. Und sie blickte mich an, oder wen, oder durch mich hindurch, ihre Finger tanzten über die Saiten, dann kam dieses Lächeln, und ich vergaß, wohin ich eigentlich gewollt hatte. Erst als heftiger Beifall aufbrandete, geriet ich wieder in diese Welt. Die Männer hinter der Theke kamen mit dem Zapfen kaum nach.

Die Bude brummte, die Madonna lächelte, alle blieben, dieses Paradies verließ keiner freiwillig, nicht bevor die Musik zu Ende war.

Auf dem Heimweg leuchtete der Mond und auch ein Stern war zu sehen, St. Patrick sei's gelobt und gepfiffen, und am nächsten Tag müsste, ja würde die Sonne scheinen.

Die sizilianische Göttin

Eines Tages traf der Deutsche den Mann am Hafen von San Vito lo Capo in Sizilien. Er stand direkt unter seinem Namensgeber, eine Zigarette im Mundwinkel.

„Hallo, Vito!"

„Hallo!"

Der Deutsche deutete auf das Standbild. Ein junger Mann mit blankem Oberkörper und einem Rock, wie sie römische Soldaten trugen. Zwei Hunde sprangen an ihm hoch.

„Noch ein Vito!"

Der Mann nickte.

„Zwillinge?"

Der Mann grinste. Der Deutsche wusste nicht, ob er verstanden worden war.

„Hilft er?", fragte der Deutsche.

„Sì."

„Bei den Aufträgen?"

„Ja, bei den Aufträgen. Bis jetzt immer."

Der Fischer spuckte aus, warf den Zigarettenstummel ins Wasser.

„Von Zigaretten kann man nicht leben!", bemerkte der Deutsche. Der andere nickte. Nach Heroin traute der Deutsche sich nicht zu fragen. Er hätte sicherlich eine ausweichende Antwort bekommen.

„Vom Fischfang?"

„Vom Fischfang ein wenig, und vom Seelenfangen."

Sein Gesicht überzog ein ironisches Lächeln, beschämt,

ohne zu wissen warum, konnte der Deutsche diesem Blick kaum standhalten.

Fische fangen! Eine wegwerfende Handbewegung. Weißt du, sagte der Sizilianer, dazu sind die Boote viel zu klein. Die Fische werden von Franzosen und Engländern rausgeholt, sogar von Iren, obwohl die davon keine Ahnung haben. Manchmal auch von Deutschen. Seine Augen blitzten kurz auf, als wollte er prüfen, ob der Deutsche ihm das übel nahm. Beim Fischfang sind die Italiener ebenso Opfer wie die Afrikaner. Deshalb fangen sie Seelen. Afrikanische Seelen.

Der Deutsche verstand nicht. Vito zündete sich eine neue Zigarette an aus der Schachtel ohne Banderole. Es gab nur eine kurze Geste des Anbietens, eine Andeutung, die nicht ernst gemeint war. Er schien es zu bedauern. Sie fuhren raus, an Tagen, an denen es nicht allzu stürmisch war. An denen ihre Boote das schafften. Kleine Boote, weißt du? Er zeigte auf das Hafenbecken. Immer, wenn das Wetter so war, dass sie ebenfalls raus fuhren. Die von der anderen Seite. Mit Booten, die das nicht immer schafften. Die Hunde konnten das, auch nachts. Der Deutsche schaute fragend. Die Hunde fanden die, die noch lebten. Die portugiesischen Wasserhunde. Fanden die Menschen im Wasser und zerrten sie zu den Fischerbooten. Männer, Frauen, Kinder. Kinder selten, die hielten nicht so lange durch. Für die Toten interessierten sich die Hunde so wenig wie die Sizilianer. Vito lachte trocken auf. Für die italienische Regierung war jeder tote Afrikaner ein guter Afrikaner. Für die Fischer waren die Lebenden gut. Sie sollten nicht an Land, das gab Ärger. Also brachten sie die wieder nach drüben oder zu den EU-Schiffen. Frontex. Das war am besten, in solchen Fällen brauchten sie nicht bis zur afrikanischen Küste rüber. Und die zahlten gut. Hundert Euro für jeden, der lebte. Sie hätten zweihundert zahlen müssen für jeden Toten, doch die wollten sie nicht, keiner wollte die hier, und in ihrer Heimat auch nicht. Von den

Schiffen der italienischen Guardia durften Vito und die anderen sich nicht erwischen lassen, das konnte Gefängnis geben. Waren die Flüchtlinge tot, erledigte sich die Sache von selbst, das kostete nichts, keinen Transport, keine Versorgung, keine Lagerkosten. Manchmal drängten die von Frontex die afrikanischen Nussschalen ab in Richtung Tunesien oder Libyen, oder sie nahmen ihnen das Benzin weg. Manchmal rammten sie die Boote, um das Problem zu erledigen. Das Geld kam aus Rom oder von der EU. Die Deutschen von Frontex seien übrigens die Schlimmsten. Wieder dieses Blitzen der Augen. Die Hunde und das Dieselöl mussten sie selber zahlen. Aber es lohnte sich. Die Wasserhunde, die früher in Portugal den Fischern beim Herausziehen der Netze geholfen hatten, waren als Rasse beinahe ausgestorben gewesen, wurden aber jetzt wieder, vor allem in Deutschland, gezüchtet.

„Wir sind Seelenfischer!" Vito deutete auf das Standbild seines Namensgebers. „Wie der Chef von dem da!"

„Madonna!" entfuhr es dem Deutschen, obwohl er es sonst mit dieser Dame nicht so hatte.

„Bleib mir weg mit dieser amerikanischen Hure", entgegnete Vito, schnippte den Zigarettenstummel ins Hafenbecken und ging.

„Ciao!"

„Ciao!"

Madonna war es nicht, sie war hübscher. Sie stand an der Straße, die zum Leuchtturm führte. Der Deutsche dachte, ob sie vielleicht…, als sie ihn ansprach. Ein scharf geschnittenes, dunkles, in seinen Augen schönes Gesicht, schwarze Haare, schlanke Figur. Marokkanerin. Nicht so aufgedonnert wie manch andere.

„Hast du Lust, tedesco?"

„Forse, vielleicht", sagte er vorsichtig.

„Ich heiße Demi", sagte sie.

„Wer's glaubt!"

„Wirklich, die anderen suchen sich schöne Namen aus, ich heiße wirklich so."

„Schon gut", sagte er, „Demi! Erinnert an Demeter."

„Demi, nicht Dimeter oder Demeter oder was!"

„Eine Göttin hieß mal so", sagte er.

Sie blickte ihn an.

„Wo?" fragte er.

„Mein Auto steht dort", sie zeigte auf einen Fiat Punto mit dunkel getönten Scheiben. Sie steuerte den Wagen aus der Stadt hinaus in Richtung des Nationalparks, bog irgendwann ab in eine Nebenstraße, die wie ein Privatweg aussah. Es dunkelte bereits. Sie erreichten einen Picknickplatz mit Tischen und Bänken, der neben dem Weg lag. Sie stellte den Motor ab. „Hinten ist mehr Platz", sagte sie.

Nachdem sie ihm ein Gummi übergezogen hatte, ließ sie sich auf allen Vieren nieder und bot ihm ihr nacktes Hinterteil, das in der Dunkelheit heller wirkte als er gedacht hätte. Sie fühlte sich fest und weich gleichzeitig an, feucht. Als er ihre Brüste umfasste, stöhnte sie leicht auf.

„Demi-Demeter", murmelte er.

„Mach!", sagte sie und übernahm die Bewegungen.

Später bewunderte er ihren schwarzen, spitzenbesetzten BH, der ihre Warzen gut zur Geltung brachte. Noch später brachte sie ihn zurück zur Stadt, parkte wieder dort, wo sie losgefahren waren. Er zahlte, was sie verlangte.

„Danke", sagte sie, „war schön mit dir."

„Müsste ich das nicht sagen?"

Sie kicherte. „Wie du willst. Mach's gut. Göttinnen habe viel zu tun."

„Immer schon", sagte er.

Sie nickte. Er schlug die Autotür zu und ging. Kam am Hafen vorbei, wo die Statue des heiligen Vito aufragte. Des San Vito von San Vito lo Capo mit den Hunden. Der als junger

Mann die Englein singen hörte, in dem Zimmer mit den nackten, tanzenden, singenden und musizierenden Mädchen, die ihn verführen sollten.

Als der Deutsche eines Abends vor einem Café am Straßenrand saß, unter den schwach leuchtenden Kandelabern einer altmodischen Straßenlaterne, gegenüber ein Maler seine Staffelei einpackte und auf sein Moped verlud, weil, so schien es, nichts mehr zu malen war, als der Deutsche dort saß, den lauen Sommerabend genoss und das Leben der Einheimischen beobachtete, Campari schlürfte und mit einem kleinen Löffel gesalzene Erdnüsse aus einem Porzellanschälchen hob, die seinen Durst prompt verstärkten, sodass ein Bier fällig wurde, als er dort ohne Aufwand das Leben genoss, südliches Leben, und eine innere Zufriedenheit verspürte, überquerten ein Mann und eine Frau mit zwei Hunden die Straße. Nur kurz blickte der Mann zu ihm herüber, ein angedeutetes Kopfnicken zeigte, dass er den Deutschen erkannt hatte. Die Hunde trugen dunkelbraunes, kurzes, stark gekräuseltes Fell und erinnerten auf den ersten Blick an Pudel. Die Frau war bei dem Funzellicht der weit auseinander stehenden Straßenlaternen kaum zu erkennen. Sie trug einen kurzen Rock, war schwarzhaarig und erinnerte an eine Marokkanerin. Sie eilten in Richtung Hafen.

Hoffentlich würde alles gut gehen. Hunde symbolisieren, wie es heißt, den Weg in die Unterwelt. Von dort kommt selten jemand zurück, wie der Mythos über Orpheus und Eurydike zeigt. Vor dem Hades wacht Kerberos, der Höllenhund.

Afficionados

Ein heißer Sonntag. Stierkampf in Dax. Corrida de toros. Drei Matadores, auch Miguel Fuentes aus Spanien, und sechs Stiere kämpfen a la morte. Natürlich bis zum Tod der Stiere, versteht sich. Meinen die Menschen. Die Stiere sterben in jedem Fall, ab und zu nehmen sie allerdings jemanden auf die Hörner, und manchmal mit in den Hades.

Dax, die alte Römerstadt, ein Stück nördlich Bayonnes, mitten in den Landes gelegen, hat an die zwanzigtausend Einwohner (ohne Touristen). Hier wird nicht nur Stier gekämpft, sondern Harz verarbeitet, hat sich eine Elektro- und Konservenindustrie angesiedelt. Zu Römerzeiten wurde der Ort Aquae Tarbellicae genannt (es ist spannend, was menschliche Zungen in den vergangenen Jahrhunderten aus diesem Namen gemacht haben), war damals schon wegen seiner heißen Quellen bekannt, Reste der gallo-römischen Stadtmauern gibt es noch.

Im 17. Jahrhundert bot die Stadt den Hugenotten Schutz. Heute beherbergt sie keinen Bischof mehr, besitzt aber noch eine eindrucksvolle Kathedrale, die 1894 vollendet wurde, mit einem Westportal aus dem 13. Jahrhundert.

Böllerschüsse empfangen uns. Buden sind vor der Arena aufgebaut, die Dämpfe gerösteter Maronen steigen auf, Bratwurst- und Fleischstände qualmen mit ihnen um die Wette, eine musikalische Kakophonie dröhnt aus Lautsprechern, irgendwo spielt jemand Akkordeon. Es herrscht

Volksfeststimmung. Baskenmützen überall, bunte Tücher, viel Rot, die Carlisten tragen rote Hüte und Mützen. Frauen in weißen Blusen und roten Röcken, in roten Blusen und weißen Röcken, die Männer in blauen Jeans. Rote Halstücher. Verwegen sehen sie aus, die jungen Südwestfranzosen, manche mit bloßem Oberkörper, schwarze, dichte Haare herrschen vor, Spanien ist nah. Das Baskenland ist durch die Pyrenäen als natürliche und politische Grenze zwischen Frankreich und Spanien getrennt; immer schon und immer noch gibt es Bestrebungen, die beiden Teile zu vereinen. Verkäufer preisen lautstark Sitzkissen an, zwei Franc das Stück, Holzwolle mit Papierüberzug, ganz leichte Dinger.

Wuchtige Mauern umgeben die Arena. Rotweiße Fahnen flattern neben dem eindrucksvollen Eingangsportal, über dessen Rundbogen ein in Stein gehauener Stierkopf nachdenklich auf uns herunterblickt. Obwohl wir nur noch zwei unnummerierte Karten für die schlechte, die Sonnenseite bekommen, gelingt es uns, zwei Plätze auf der überdachten Schattenseite (ombra) zu ergattern. Das erweist sich als günstig. Hier und heute gilt die Schattenseite als die Sonnenseite des Lebens, ein Widerspruch, der uns zu kurzen philosophischen Bemerkungen reizt, die mit dem Spruch ‚Alle Kreter lügen, sagte ein Kreter', enden.

Kurz vor Beginn der Kämpfe geht ein Platzregen nieder. Es donnert und blitzt, alles rennet, rettet, flüchtet; neben uns ist das Dach undicht. Die gute Laune der Zuschauer leidet nicht. Buntgekleidete Männer streuen Sand in das Rund der Arena, wo sich großen Pfützen gebildet haben. Die Matadores kommen heraus, prüfen mit den Fußspitzen und kennerischem Blick den Boden. Werden die Kämpfe abgeblasen? Hier würde der Begriff abgeblasen stimmen, in seines Wortes ursprünglicher Bedeutung stattfinden: alle Maßnahmen und Geschehnisse werden mit Trompetenstößen angekündigt.

Keine Kämpfe? Das würde einen Aufschrei geben. Das kann nicht sein, nein, das ist unmöglich, die Stimmung würde überkochen. Der Regen tröpfelt nur noch, hört dann ganz auf. Eine Band beginnt, aufreizende Pasodobles und ungarische Weisen zu spielen.

Es geht los!

El toro stürmt durch eine Öffnung des hölzernen Schutzzauns in die Manege, rast wild quer durch, als wolle er sich auf der anderen Seite in die Zuschauer stürzen. Ein Aufschrei geht durch die Menge. Das war es aber auch schon, der erste Stier ist ein lahmer, will nicht so recht kämpfen. Es ist schließlich nicht seine Idee gewesen, hier solch einen Zirkus zu veranstalten. Dennoch: wer möchte selbst diesem friedlichen Ungetüm Auge in Auge gegenüberstehen? In wenigen Metern Abstand? Oder zentimeternah vor den Hörnern?

Zu Beginn der Veranstaltung ziehen die Beteiligten in die Arena ein und präsentieren sich dem Publikum. Es sind der matador (Stiertöter), die picadores (Lanzenreiter, wörtlich Hauer, Stecher) und die banderilleros (von banderilla, geschmückte Stechlanze). Zwei Reiter, die alguacilillos, erbitten symbolisch den Schlüssel zur Puerta de los Toriles, dem Tor der Kampfstiere, vom Präsidium. Dieses Präsidium, dessen Präsident die Autorität erhalten hat, Stierkämpfe durchführen zu lassen, wacht über den Kampf. Gemäß den Reglements sollte der Präsident der Bürgermeister oder der Polizeichef der Stadt sein

Es gibt drei Akte beim Bekämpfen des Tiers, sie heißen auf Spanisch los tres tercios de la lidia oder Die drei Drittel des Gefechts, wie es auch Ernest Hemingway in seinem Buch Tod am Nachmittag beschreibt.

Der erste Akt, in dem der Stier die Picadores angreift, ist die suerte de varas oder die Prüfung durch die Lanzen. Wirft der Stier einen Picador vom Pferd, wird dieser von den Peones, Hilfskräften, geschützt, indem sie das Tier mit ihren Capas ablenken. Die Capa ist ein Umhang, der auf der einen Seite meistens aus Rohseide und auf der anderen aus Perkal, einem Baumwollgewebe, besteht. Sie ist sehr schwer, außen kirschfarben und gelb auf der Innenseite. Am unteren Rand sind kleine Korken angenäht, die die Peones oder Matadores in den Händen halten, wenn sie die Capa schwingen.

Der zweite Akt ist der der Banderillas, der ungefähr siebzig Zentimeter langen Stockpaare mit harpunenförmigen Stahlspitzen an den vorderen Enden. Sie sollen gleichzeitig in den Muskel oben im Nacken des Stieres platziert werden, wenn er auf den Mann losgeht, der im letzten Moment an die Seite tritt. Diese Quälerei dient dazu, den Stier weiter zu schwächen, sein Tempo zu verlangsamen und die Haltung des Kopfes zu regulieren, damit der große Meister es zum Schluss nicht so schwer hat. Wie sähe es wohl aus, wenn ein Matador allein auf der Weide dem Tier gegenüber stände? Normalerweise werden vier Paar Banderillas von den Banderilleros oder Peones eingesteckt. Wenn der Matador diese Tötungsvorbereitung selbst übernimmt, wird seine Aufgabe durch Musik angekündigt und begleitet. Dieser Teil des Kampfes soll höchstens fünf Minuten dauern, damit der Stier nicht die Lustverliert zu kämpfen, oder – das wäre schlimmer – lernt, hinter dem Tuch nach dem Mann zu suchen. Im letzten Akt erscheint der Matador mit der Muleta, dem scharlachroten Tuch aus Serge, einem glatten Kammgarnstoff, das über einen Stock gefaltet ist, der einen scharfen Dorn an einem Ende und einen Griff am anderen Ende hat. Der Dorn geht durch das Tuch, das am anderen Ende des Griffes mit einer Flügelschraube befestigt ist, sodass es in Falten am Stock entlang hängt. Muleta bedeutet Krücke, was wahrlich nicht sehr ehrenvoll für den späteren Sieger klingt.

Der Stier überschlägt sich nach einer Finte des Matadors, kommt kaum wieder auf die Beine. Gellende Pfiffe, die Zuschauer verteilen ihre Sympathie oder Kritik gerecht auf Tiere und Menschen. Der Mann sticht mit dem Degen zu, daneben, erst der zweite Stich sitzt. Der Stier ist tot. Männer leiten ein Gespann mit zwei Pferden herein, mit dem das Tier hinausgeschleift wird. Pfiffe gellen ihm hinterher, es gibt keinen Pardon. Der Stier ist tot.

Das zweite Tier stürzt herein. Es scheint wilder als das erste zu sein, oder täuschen wir uns? Wütend stößt der Stier die Hörner in die Bretterwand, wie ein Boxer, der den Sandsack malträtiert. Einer der Matadores zeigt eine gute Leistung mit der Capa, die Menge brüllt. Das spornt ihn an, er wird mutiger, geht näher heran.

Ein Fanfarensignal ertönt: Pferde und Reiter sind an der Reihe, die Picadores. Die Pferde haben Angst, man sieht es deutlich, obwohl sie durch dicke Matten seitlich geschützt sind. Der Stier wird durch Lanzenstiche der Picas in den Nacken gereizt. Blut fließt. Stier, Mensch und Pferd geraten in Erregung.

Erneut die Fanfare: die Banderillos kommen. Der erste Versuch misslingt, Buhrufe ertönen, es gibt keinen Pardon. Die restlichen vier Banderillas sitzen. Bravo! Die Menge klatscht. Der Stier schüttelt sich, will diese Dinger mit ihren Widerhaken loswerden, es gelingt ihm nicht. Widerhaken sind eine widerliche Erfindung der Menschen, Wale können ein böses Lied davon singen. Aber es gibt Steigerungen bei der Widerlichkeit. Die Harpunen moderner Walfänger werden nicht mehr von Hand geworfen, sondern mit Kanonen geschossen, und besitzen längst zusätzlich zu den Widerhaken kleine Sprengladungen, die im Körper des Wales explodieren und ihn bewegungsunfähig machen oder töten. Der Rest ist Maschinenarbeit.

Der Stier schüttelt sich unwillig, geht ein paar Schritte, kann nicht verstehen, was da in ihm sitzt. Blut fließt in breiten Bächen auf beiden Seiten an Schultern und Flanken herunter. Unwillig und böse scharrt er mit den Hufen, wirft Sand nach hinten weg. Komm raus, Mensch!

Ein Trompetenstoß! Er kommt, der Matador, der Meister, der König der Manege (wenn ihm alles gelingt). Der Hauptkämpfer, benannt nach dem spanischen matar, töten, schlachten. Vielleicht sollte man die Arena deshalb besser matadero, Schlachthaus, nennen. Gemessenen Schrittes betritt der Torero, der Stierkämpfer (nach dem lateinischen Begriff taurus für Stier, nicht Torrero, das bedeutet Leuchtturmwärter), unser Matador, das Geschehen, stellt sich wenige Meter vor den Stier, wirft sich in die Brust, die eng geschnürt ist von der knapp sitzenden Kleidung, die alle Körperteile, nicht nur die Waden, stark hervortreten lässt. Im Schritt trägt er ein Suspensorium.

Der Degen blitzt in der Sonne, Mantel- und Degenfilme fallen mir ein, vor allem die Verfilmung des Grafen von Monte Christo mit Jean Marais in der Hauptrolle. El Toro greift an. Es geht blitzschnell – schon sitzt der Degen tief bis zum Heft im Nacken des Tieres. Die Menge tobt. Die Menschen stehen auf, schwenken Tücher und Sitzkissen, Hüte fliegen durch die Luft. Zwei andere Matadores reizen den Stier noch mit ihren Capas, müde wendet er langsam den Kopf von einer Seite zur anderen, dann bricht er zusammen. Aus! Der Stier ist tot. Tosender Beifall für die Männer in der Manege und den Stier, als ihn die Pferde aus dem Sandrund schleifen. Der Matador hat das abgeschnittene Ohr des Tieres in der Hand, hält es hoch, stolz die Arena durchschreitend, stoppt dann vor der Loge des Bürgermeisters, der mit seiner Tochter gekommen ist. Der Matador verbeugt sich tief und überreicht dem jungen Mädchen das abgeschnittene Ohr. Früher saßen hier mal Fürsten und

Könige mit ihren Damen. Immerhin ist die Demokratie in dieser Hinsicht bis in die Arena gedrungen.

Der nächste Stier ist braun. Auch er verliert den Kampf. Der Stier verliert stets. Er kann höchstens den ersten Akt des Kampfes gewinnen, die suerte de varas oder die Prüfung durch die Lanzen. Hier hat er seine Chancen, kann die Arena frei machen von den Reitern, sich allein und als Sieger fühlen.

Sehr selten werden außergewöhnlich mutige und starke Stiere ‚begnadigt' (indulto). Es kann auch vorkommen, dass sich ein Stier aufgrund einer Verletzung als ungeeignet für den Kampf erweist. Der Präsident der Arena kann dann entscheiden, den Stier wieder aus der Arena zu treiben und gegen den sobrero, den Ersatzstier, auszutauschen.

Nun müsste es eigentlich eine Pause geben, doch weil es wieder regnet, werden die Kämpfe fortgesetzt. Der vierte Stier stürmt herein. Ein schwarzes, schlaues Ungetüm, das nicht kämpfen will. Bei den Experten, und das sind alle Anwesenden, gilt das als feige. Pfiffe ertönen, das Tier stolziert in der Manege herum, scheint sich alles genau anzuschauen und ignoriert den Matador, der hilflos mit seiner Capa da steht. Die Zuschauer lachen. Lachen sie den Matador aus? Es wird schwierig, wenn sich einer der Partner nicht an die Spielregeln hält, die allerdings einseitig von den Menschen entworfen worden sind. Das erinnert an Staatsverfassungen, auch an die unserer Formaldemokratien, die von den Herrschenden im Land erlassen worden sind, und zwar so, dass sie möglichst nicht geändert werden können, vom Volk schon gar nicht. Spötter behaupten: Würde Demokratie etwas verändern, wäre sie verboten.Eine Erkenntnis, die den portugiesischen Literaturnobelpreisträger José Saramago zu dem Ausspruch veranlasst hat: Wie soll man verändern können, wenn man die Regeln einhält?

Eine Stelle hat es dem Stier besonders angetan, dort sitzen – hinter der schützenden Bretterwand – zwei Männer in weißen Hemden und knallroten Mützen, irgendwelche Hilfskräfte, die bisher nichts zu tun bekommen haben. Diese beiden sieht sich der Schwarze bei seinen Rundgängen sehr interessiert an. Zu dem hilflosen Matador haben sich jetzt zwei Peones gesellt, um die sich das Tier ebenfalls kaum kümmert, außer einigen angedeuteten Angriffen, die er aber sofort wieder abbricht, was die Herren vollends verwirrt.

Der Stier bleibt in der Mitte der Manege stehen, hebt stolz den Kopf. Was wollt ihr? Beifall ertönt für ihn, Pfiffe für die Kämpfer. Plötzlich rast das Tier los, allerdings nicht auf die Matadores, sondern auf die Tribüne, auf die Schutzwand zu, wo die beiden Kerle sitzen. Starr vor Schreck verharren die zwei dort, als der Stier in die zwei Meter hohe Bretterwand kracht. Das Tier will hinüber, schafft es mit seinem Vorderteil sogar, hängt dann fest. Die Zuschauer brüllen – der Stier ist König. Hat man so etwas schon gesehen? Oh, Papa, da wird selbst das Denkmal in Pamplona sein Haupt schütteln.

Der Stier bleibt der Stärkere. Den ersten Lanzenreiter unterläuft er, hebt ihn mitsamt seinem Ross an und wirft beide um. Unglücklich wälzt sich das Pferd auf dem Sand, der Reiter liegt abseits auf dem Bauch. Helfer mit Capas eilen herbei. Den zweiten Reiter drückt er so an die Bretterwand, dass dieser mit seiner Waffe nicht zum Zuge kommt. Der erste Banderillero landet nur eine Spitze, die wieder heraus fällt. Die anderen verzichten. Auf den Rängen bricht Tumult los. Wir schreien mit. Man muss einfach schreien. Die Kämpfer möchten sich am liebsten vor den Zuschauern verstecken.

Der Matador erscheint, aber auch er ist zu schwach für diesen Stier. Nichts gelingt ihm. Im Gegenteil. Der Stier nimmt ihm seine Muleta weg und trägt sie wie eine Trophäe auf den Hörnern durch die Arena. Zwei Mal jagt er den

Mann hinter die Bretterwand, die an einigen Stellen schmale Öffnungen hat, durch die nur Menschen passen.

Dann ist es endlich so weit. Stier und Mann stehen sich gegenüber, beide schwer atmend, der Stier müde gemacht durch das Blut, das an beiden Seiten an ihm herunter läuft. Von vorn muss der Stier getötet werden, indem der Degen über dem rechten Horn des Tieres zwischen die Wölbung der Schulterblätter hineingeht. Zweimal fällt der Degen, der dritte Stich sitzt. Verdutzt stockt das Tier, schüttelt sich noch einmal unwillig, bricht dann zusammen. Der Stier ist tot. Beifall brandet los für das Tier, Pfiffe gellen für die Toreros. Hüte und Sitzkissen fliegen in die Manege, auch unsere, jetzt wissen wir, wofür die Kissen in Wirklichkeit da und weshalb sie so leicht sind. Die Kämpfer ziehen sich zurück.

Der Stier verliert den Kampf, auch wenn er siegt. Wenn der Degen des Matadors nicht richtig sitzt, wird das Tier durch Dolchstöße der Helfer getötet, man könnte auch sagen ‚gemetzelt'.

Der Regen nimmt zu, ein Fanfarenstoß kündigt den Abbruch der Kämpfe an. Zwei Tiere werden den heutigen Sonntag überleben, noch hat der Tod am Nachmittag sie verschont.

Der Mann, den es nicht gab

Hätte er doch geschwiegen, dieser Pierce Ferriter! Pierce war Bauer. Schon lange, in Ballyferriter oder Baile an Fheirténraight oder Baile an Feirteiris auf der Dingle Halbinsel in West Kerry. Seine Vorfahren waren hier ansässig gewesen, so lange man denken oder erzählen konnte. Pierce war vierunddreißig Jahre alt, ein kräftiger, kurzhaariger Bursche mit verschmitztem Gesicht. Auch bei schlechtem Wetter ließ sein Oberhemd die Brust sehen, die Regenjacke wehte offen im Wind. Fest verwurzelt in irisch-gälischer Erde, war Pierce gewissen Modernisierungen gegenüber jedoch nicht abgeneigt, zumal einige Kollegen, eigentlich Konkurrenten, im Pub immer öfter von der Europäischen Gemeinschaft und von gewissen Geldern redeten.

Also beschloss Pierce eines schönen Tages, seine Farm an diesem Ende der Welt – der Ort Dingle bezeichnet sich gern als Europas westlichste Hafenstadt – auf Vordermann zu bringen. Er beantragte einen finanziellen Zuschuss zwecks Modernisierung. Die Sache ging ihren Gang, schließlich fehlte, wie die zuständige Behörde ihm schrieb, nur noch die Geburtsurkunde. Ein Klacks, sollte man meinen. Doch Pierce Ferriter schüttelte den Kopf. Zwar war er nachweislich sichtbar geboren, man wusste auch das Jahr 1957, aber eine Geburtsurkunde existierte nicht. In Kerry soll das damals häufiger vorgekommen sein. Das nützte wenig: Pierce war nicht registriert, es gab keine Geburtsurkunde, damit keinen Pierce Ferriter und deshalb auch kein Geld. Es ging hin und her, schließlich ließ sich über das Zentralregister in Dublin etwas machen. Pierce sollte dort nachträglich registriert werden und dann seine Geburtsurkunde bekommen. Das Geld würde fließen.

Doch nicht so bei Ferriter in Ferriter. Artikel acht der irischen Verfassung benennt die gälische Sprache als erste Landessprache vor dem Englischen. Und darauf sind die Iren stolz. Ganz besonders stolz war Pierce Ferriter. Er bestand darauf, unter seinem gälischen Namen Piaras Feirtear eingetragen zu werden. Das lehnte die Behörde ab. Den Pierce Ferriter hatten sie noch so eben in Dublin notiert, einen Piaras Feirtear aber konnte man den Akten beim besten Willen nicht entlocken. Den gab es nicht, weder in Dublin noch in Ballyferriter oder Baile an Fheirténraight oder Baile an Feirteiris. Der Zuschuss rückte in weite Ferne, die Kühe warteten weiter auf die neue Melkanlage. Doch ein Kelte gibt so leicht nicht auf. Pierce mobilisierte Freunde und Bekannte, Rechtsanwälte und die heimische Presse mit dem beziehungsreichen Namen The Kingdom, der an das Vereinigte Königreich von Großbritannien und Nordirland erinnerte. Das Schicksal gewährte dem Mann, den es nicht gab, eine letzte Chance zur Wiedergeburt. Man fand in Dublin ein altes Wählerverzeichnis, in dem Piaras Feirtear erwähnt war. Und dann war er endlich auch offiziell vorhanden, der Mann am Slea Head, das Geld floss auf sein Konto und die Milch der Kühe seitdem durch kalte Metallröhren.

Hätte er besser geschwiegen? The man, who didn't exist, der Mann, den es nicht gab? Keine Behörde, auch nicht das Militär, würde ihn finden, und den geregelten Ärger mit den Brüsseler Bestimmungen könnte er sich ersparen. Er würde still und geheimnisvoll an diesem Ende der Welt sein typisch irisch-gälisch-keltisches Leben, sein uneuropäisches oder erst recht europäisches Leben führen, und nur die Krähen würden es von den Dächern krächzen, dass Pierce eigentlich Piaras hieße oder umgekehrt oder überhaupt.

Bei Nacht und Nebel

Die Nacht war dunkel. Über die Bankette einer der schmalen Landstraßen im Bezirk Cavan schritt ein Mann, der sich einen Rucksack übergeworfen hatte. Er holte kräftig aus, schien sein Ziel genau zu kennen. Manchmal pfiff er leise vor sich hin. Straßenlaternen gab es nicht und Autos fuhren nicht mehr, es war schon nach Mitternacht. Plötzlich blieb der Mann stehen und versuchte die Dunkelheit mit seinen Augen zu durchdringen. Dann nahm er den Rucksack ab, holte Gegenstände heraus, ließ den Rucksack am Straßenrand liegen und begab sich auf die Fahrbahn. Dort bückte er sich und hantierte eine Zeit lang herum. Dann erhob er sich, packte die Gegenstände wieder in den Rucksack und ging, jetzt fröhlich und laut pfeifend, weiter. Dies wiederholte sich mehrmals, außerdem sprang der Mann einige Male in den Straßengraben, hob etwas auf und stopfte es in den Beutel. Als er weiter ging, schepperte es bei jedem Schritt.

Später, nachdem sie ihn erwischt hatten, weil er leichtsinnig geworden war, stellte sich heraus, dass dieser Mann Martin Hannigan hieß. Martin Hannigan aus Cavan hatte eines Tages die Schnauze voll gehabt. Die zunehmende Anzahl der Pot Holes, der Schlaglöcher, auf den Landstraßen der Provinz Cavan und die Inaktivität der zuständigen Behörden brachten ihn auf die Palme. Iren sind Improvisieren und Selbsthilfe gewohnt, so griff Martin zu Farbe und Pinsel. In besonders dunklen Nächten war er auf den

Landstraßen unterwegs und pinselte. Pinselte mit weißer Farbe unübersehbar groß Stop oder Danger vor die Holes, die er zusätzlich mit gelben Farbkreisen markierte. Außerdem begann er die Radkappen der Autos zu sammeln, die sich dank der Schlaglöcher in den Straßengräben angehäuft hatten. Und verkaufte sie an Schrotthändler. Nachdem zunächst die örtliche Presse in humorvoller Form über den nächtlichen Asphaltkünstler berichtete, ohne ihn zu kennen, wurde das Ganze schließlich zum Politikum, nachdem man Martin in flagranti erwischt hatte. Und zwar am helllichten Tag. Die Nächte hätten nicht mehr ausgereicht, gab der Übeltäter zu seiner Entschuldigung an.

Die Sache sprach sich herum und der Umweltminister sagte einen finanziellen Zuschuss für die Provinz Cavan zu, der allerdings, wie sich nach Monaten herausstellte, wer weiß wohin geflossen sein musste, nur nicht in die Pot Holes. So griff Martin frohgemut in dunklen Nächten erneut zu Pinsel und Farbe. Das fiel natürlich schnell auf. Jetzt versuchte die Verwaltung auf diplomatischem Wege, den Künstler vom Schlaglochpfad abzubringen. Dem arbeitslosen Martin wurde ein Job in der Behörde angeboten. Auf die Idee, die Löcher zuzumachen, kam man nicht. Aber das unterschied die irische Verwaltung keineswegs von jeder anderen in Europa. Hannigan hatte abgelehnt. Er habe genug zu tun, sagte er. Und malte weiter.

Lange saßen wir bei O'Looney's. In O'Looney's gelber Bude in Lahinch. Sehr lange. Denn draußen heulte der Wind und der irische Regen hatte einen guten Tag. Wir dachten an Professor de Selby, der im Roman Der dritte Polizist von Flann O'Brian vorkommt und wissenschaftlich nachgewiesen hatte, das die meisten Schlaglöcher auf der Seite der Straße auftauchen, auf der man fährt. Wir dachten an Martin und fragten uns, ob er wohl immer noch unterwegs war, besonders bei solch wilden Nächten wie heute. Das würde uns sehr freuen, denn vor allem die linken Straßenseiten hatten es oft bitter nötig, nicht nur im Bezirk Cavan und beim dritten Polizisten. Und vielleicht würde es ja nützen, gegenüber Behörden muss man eine lebenslange Geduld entwickeln. Manche Fortschritte ziehen sich, wie die Geschichte zeigt, über mehrere Generationen hin.

Wir kehrten im Dunkeln zum Zeltplatz zurück. Der Wind hatte zugenommen, blies das Regenwasser aus den Schlaglöchern. Stärke acht, schätzte ich. Das Zelt stand noch.

Der Teddybär von Tonga

Der König von Tonga lebte herrlich und in Freuden auf seiner kleinen Insel mitten in dem großen Südmeer. Genauer gesagt handelt es sich um einhundertneunundsechzig Inseln und Atolle, um einen so genannten Archipel. Es stimmt aber: es war wohl seine Insel, die Hauptinsel Tongatapu mit der Hauptstadt Nuku'alofa, sie gehörte ihm und einigen Adeligen. Zwar gab es ein Parlament und ab und zu auch eine Wahl, aber der König und seine Leute stellten die meisten Kandidaten und gewannen jedes Mal. So hatte alles seine demokratische Ordnung und die Insel war eine friedliche Monarchie. Die Menschen lebten so dahin, die Kinder spielten draußen und lachten den ganzen Tag.

Der Frieden hielt schon lange an, denn die Insel hatte außer Kokosnüssen und Yamswurzeln nichts Besonderes zu bieten, sodass sich selten ein Kriegsschiff anderer Nationen hierher verirrte. Auch war sie nie von Europäern kolonisiert worden. Das will etwas heißen.

Doch kürzlich hatte der König von Tonga, der herrlich und in Freuden lebte und daher sehr beleibt war, er wog über zweihundertfünfzig Pfund, eine Idee gehabt. Auf einigen kleinen Felsen mitten im weiten Meer, den so genannten Minerva-Riffen, ein erkleckliches Stück entfernt von Tonga, hatte er die tongalesische Flagge hissen lassen. Jetzt gehörten nicht nur die unwirtlichen Felsen zum Tonga-Reich, sondern man beanspruchte auch die umgebenden Fischfanggründe innerhalb der neuen Hoheitsgewässer, so wie es internationaler Brauch war. Doch jetzt kam der Frieden in Gefahr, denn die Fidschiinsulaner hatten schärfstens protestiert, auch den Neuseeländern passte die Sache nicht in den Kram. Niemand wollte die Tongainseln, die auch Freundschaftsinseln hießen, mehr Freundschaftsinseln nennen.

Aber den dicken König, der aussah wie ein Teddybär, focht das nicht an.

„Das kriegen wir schon hin", sagte er, „nur von Kokosnüssen kann man nicht leben."

Da hatte er verdammt Recht. Seine Untertanen hatten in letzter Zeit durchaus mitgekriegt, dass es außer Kokosnüssen noch etwas anderes auf der Welt gab. Vor allem, wenn der König und seine Minister mit ihren dicken Nobelkarossen von Mercedes aus dem fernen Deutschland über die zwei Kilometer lange Autobahn der Insel zum Flughafen brausten, obwohl sich die Tonga-Airlines noch keinen eigenen Jet leisten konnten.

Der beleibte und beliebte König Teddybär von Tonga war ein kluger Mann, auch wenn immer wieder ausländische Journalisten so blöd waren, ihn für rückständig oder gar für dumm zu halten. Beides war ein Irrtum, denn er hatte zu regieren gelernt in seinem Leben. Er hatte Geschichtsbücher gelesen und hielt sehr viel von einem deutschen Politiker namens Bismarck. „Es wäre alles viel friedlicher verlaufen, wenn man auf diesen Mann gehört hätte", pflegte der Monarch gern zu sagen. „Die Deutschen hätten dann viel mehr Freunde gehabt!" Da hatte er vielleicht schon wieder Recht. Auch Bismarck-Heringe kannte er. Aber er ließ seine Leute lieber etwas Vernünftiges in den neuerdings erweiterten Hoheitsgewässern fangen.

Was der gute König vielleicht nicht so richtig beachtet hatte, war das Wirtschaftssystem der ehemaligen Entdecker, das er nachzuahmen versuchte. Dadurch wurde auch in Tonga das gute Leben immer teurer. Erstens mussten natürlich ab und zu die neuesten Modelle von Mercedes bestellt werden, die auch teurer wurden, angeblich wegen der zu hohen Lohnkosten in Deutschland und weil die Deutschen zu viel Urlaub machten, einige kamen sogar nach Tonga. Zweitens bestellte man dann doch für die Tonga-Airlines eine ausgemusterte Boing, die nie richtig flog, aber sehr viel Geld kostete. Drittens liebte der König die einheimischen und besonders die wenigen ausländischen Restaurants in seinem Reich. Mit Vorliebe frequentierte er ein Lokal mit einem deutschen Koch. So gab der König Teddybär sehr viel Geld für fette Speisen aus, seine Minister und Hofschranzen machten es ihm nach, und man sah es ihm und ihnen an. In jenen Breitengraden galt Beleibtheit seit jeher als gutes Zeichen. Viertens wurde das Volk manchmal unruhig und wollte dann und wann am Wohlbeleibtsein teilhaben. Um seiner Beleibtheit und auch seiner Beliebtheit nicht Abbruch zu tun, musste der König etwas in die bescheidene Wirtschaft seines Archipels investieren.

Er hatte wieder eine Idee. Trotz seiner diversen Zentner Leibesfülle war er ein vitaler Mann, der sogar manchmal zum Volk in das Wasser stieg und mitschwamm. Er hatte es natürlich gut: sein Körper schwamm wie von selbst. Auf sein Geheiß begann man in Neuseeland Schafe und Schafswolle aufzukaufen. Das hatte den Vorteil, dass die Neuseeländer wegen der Fischereirechte nicht mehr so viel meckerten (mit den Fidschis verhandelte man noch). Aus der Schafswolle wurden warme Winterstiefel und Teddybären gefertigt. Beides wurde ausschließlich nach Deutschland geliefert, für die kalten Wintertage und die Kinder. Kinder waren die Zukunft der Welt, das wusste der König der Südsee. Mit Deutschland verband das Königreich an der Datumsgrenze eine lange Freundschaft, die schon so alt war, dass keiner mehr wusste, wie sie entstanden war. Böse Zungen behaupteten, die Deutschen hätten zu der Zeit, als sie noch Kolonien besaßen, auf dem Meeresgrund bei Tonga nach Manganknollen gesucht. Aber daraus wäre ja keine Freundschaft entstanden, sondern etwas ganz anderes.

Jedenfalls kam es nun so, dass der alte, kluge, dicke, friedfertige und undemokratische König von Tonga, der aussah wie ein Teddybär, die Teddybären aus dem sonnigen Tonga ins kalte Deutschland schicken ließ, damit wenigstens die Kinder dort etwas zu lachen hatten. Und weil der König nicht abgewählt werden konnte, regierte er sehr lange – oder sein Sohn, und es dauert noch, bis aus dem Königreich vielleicht eine richtige Demokratie werden wird. Aber das ist bei uns ja auch so.

Das Königreich Tonga (tongaisch Pule'anga Fakatu 'i 'o Tonga, englisch Kingdom of Tonga) ist ein Inselstaat im Südpazifik, welcher zu Polynesien gehört. Der Archipel umfasst die 169 früher auch Freundschaftsinseln (Friendly Islands) genannten Tongainseln, von denen 36 bewohnt sind, sowie die beiden Minerva-Riffe. Tonga ist der einzige Staat in Ozeanien, der nie von Europäern kolonialisiert wurde. Die Einwohner Tongas werden Tongaer genannt. Tonga liegt östlich der Fidschi-Inseln, südlich von Samoa und nördlich von Neuseeland. In einer Proklamation am 24. August 1887 bestimmte König George Tupou I., dass Tonga zwischen 15° und 23,5° südlicher Breite und 173° und 177° westlicher Länge (aber trotzdem westlich der Datumsgrenze) liegt. Am 15. Juni 1972 legte König Taufa'ahau Tupou IV. fest, dass das Nördliche und das Südliche Minerva-Riff (Teleki Tokelau und Teleki Tonga) und alle Gebiete in einem Umkreis von zwölf Seemeilen ebenfalls zum Hoheitsgebiet Tongas gehören. Beide Riffe liegen etwa bei 23°39' südlicher Breite und 179° westlicher Länge südwestlich der im Süden Tongas liegenden Insel 'Ata.

Fünfter Teil

Wenn am Bahnhof Blumen blühn

Die Taube im Tal

Und es begab sich zu der Zeit, dass um das Häuschen im Sauerland der Knöterich zu wachsen begann, der jedes Jahr höher ward und endlich fast das ganze Haus so umzog und darüber hinauswuchs, dass kaum noch etwas, ja selbst der Schornstein auf dem Dache nicht, zu sehen war. Es ging aber die Sage in dem Land von dem nicht immer schlafenden Häuschen, also dass von Zeit zu Zeit Leute kämen und durch das Tal der Hönne und durch den Knöterich zu dem Häuschen vordrängen. So war es dann auch an einem Wochenende im Augusto des Jahres der Menschen 1982. Und siehe da, der Knöterich öffnete sich, und es waren dort Blumen an grünen Stängeln und auch solche aus braunen Flaschen in roten Kästen. Und die Sonne schien, und nach einem langen Spaziergang durch die nahen Wälder tafelten die Leute auf der kleinen Wiese vor dem Häuschen. Und der Knöterich neigte seine Fangarme über die Häupter der diskutierenden Leute und streute seine weißen Blüten über sie, als wäre es denn der Lorbeer, der den Künstlern gebühren sollte. Denn um solche handelte es sich, wenn auch keiner von ihnen sein Brot mit derlei Tätigkeiten verdienen konnte und sie sich alle anderweitig zu unwürdigen Bedingungen in Knechtschaft begeben mussten. Doch hatten sich etliche von ihnen in einem Werkstatt-Bund zusammengeschlossen, um durch ihre Kunst auf allerlei Missstände im Lande aufmerksam zu machen. Und es erwies sich, dass ein jeglicher und eine jegliche zu Hause fleißig gewesen war und sich Gedanken gemacht hatte, wie denn nun eine künstlerische Friedensaktion gegen die drohende Einlagerung fürchterlicher Waffen in unserem Lande, wie sie eine mit den Mächtigen im Lande angeblich freundschaftlich verbundene Schutzmacht plante, aussehen könnte. Weil aber unsere Freundinnen und Freunde zwar Mut zum Träumen hatten, um Kraft zum Kämpfen zu erlangen, aber trotz alledem keine weltfremden Träumer waren, hatten sie sich auch zwei des Bergsteigens kundige Leute mitgebracht. Nachdem nun alles weidlich und ausgiebig besprochen, dargelegt und vorbereitet ward, begaben sich unsere Leute – die Sonne begann unterzugehen und die Schatten des Knöterichs an der Hauswand wurden lang und länger – ins Innere des Häuschens, entfachten ein gar lustiges Holzfeuer und erfreuten sich der Hoffnung auf eine friedliche Zukunft.

Kaum aber war die Sonne endgültig hinter dem Horizont verschwunden und der Mond noch nicht aufgegangen oder hinter Wolkenschleiern verborgen, kurzum, der Nacht dunkelste Stunde angebrochen, als ein geheimnisvolles Tun und Treiben begann. Schattengleich entfernten sich Gestalten mit allerlei Gerät und Farben von dem Häuschen und kehrten erst im Morgengrauen erschöpft zurück. Die Daheimgebliebenen hatten ihnen mit deftigem Schinken und auch Wurst ein gewaltiges Frühstück bereitet, so dass sie bald wieder zu Kräften kamen.

Derweilen staunten Sonntagsfahrer, Touristen undWochenendausflügler nicht schlecht, als sie hoch an den steilen Kalkfelsen des Hönnetals, schier unerreichbar von unten und oben, eine große weiße Friedentaube auf blauem Untergrunde entdeckten. Gar mancher hielt ein Weilchen an und machte Rast, um sich das Bild einzuprägen oder in einer Kamera einzufangen. Die Sonne zeigte sich wieder von ihrer besten Seite, und ruhig schwebte die große weiße Taube über den Köpfen der Menschen, damit es friedlich werde und bleibe im Lande.

Selbst in jener Hansestadt am Hellwege, genannt Dortmund, brachten es die Marktschreier in ihren Blättern und kündeten von dem Ereignis. Und die Handlanger der Mächtigen im Lande brauchten etliche Wochen, um den Frieden zu stören und die friedliche Taube am hohen Felsen im Tal mit schwarzer Farbe zu übermalen. Man sah aber lange Jahre noch das runde Emblem als bleibenden Schatten auf der Felswand.

Doch das war viel später. Jetzo prangte sie in aller Farbenpracht und kündete den Menschen vom Frieden. Alldieweil gaben sich unsere Freunde und Freundinnen der Labsal des schäumenden Gerstensaftes hin. Und so wurde denn in aller Freude gefeiert und sie lebten vergnügt bis ans Ende des Wochenendes.

Und noch viel später, über dreißig Jahre waren ins Land gegangen, wenn einer unsere Freunde oder eine unserer Freundinnen einmal wieder durch das Tal der Hönne fuhr, mit dem Auto oder gar mit der Eisenbahn, konnten sie entdecken, dass die schwarze Farbe abblätterte und die siegreiche Friedenstaube langsam wieder zum Vorschein kam.

Go West

Bogutin nahm die nächste Abfahrt. Er verfuhr sich nur einmal, bevor er die Ortsgrenze erreichte. Bogutin kam aus dem Osten. An einer Trinkhalle hielt er den Wagen an. Er kaufte eine Schachtel Go West. Bogutin war auf dem Weg nach Westen. Der Ort lag auf seinem Weg. Die Bedienung war hübsch, aber schwarzhaarig. Er fuhr weiter. Er rauchte. Go West! murmelte er, die Zigarette zwischen den Zähnen. Er musste husten.

An der Post bog er ab und hielt auf einem Parkplatz. Parkplätze waren rar im Westen, das hatte er schon kapiert. Aber mit dem Pferd wollte er den weiten Weg nicht machen. Und der weiteste Weg lohnte sich für das Ziel, das Bogutin sich gesetzt hatte.

Er hatte sich verliebt. Verliebt in das Mädchen von den großen Reklametafeln. Blond war sie, schlank und frech. Außerdem rauchte sie. Natürlich Go West, wie er. Irgendwann und irgendwo würde er sie finden. Und dann...

Bogutin stellte den Motor ab. Er blickte hoch. Auf einem Schild stand Weststraße. Go Weststraße, dachte er. Warum nicht. Vielleicht wohnte die Geliebte hier in der Nähe. Gegenüber waren Mauern mit bunten Bildern bemalt, Musik ertönte, Kinder spielten auf den Bürgersteigen. Bogutin straffte die Schultern, setzte seine Sonnenbrille auf und stieg aus. Breitbeinig stand er da, bereit für das Abenteuer. Als er merkte, dass sich niemand um ihn kümmerte, strich er sich kurz mit der rechten Hand über seinen Dreitagebart, setzte sich in Gang und stakste die Straße hinunter. Menschen wimmelten umher, sangen oder tranken.

Bogutin kam zu einem Bierstand. Eine junge hübsche Frau, blond, bediente. Er schob seinen Hut in den Nacken, zündete sich eine neue Go West an, ließ nachlässig das Feuerzeug in die Tasche seiner schwarzen Jacke gleiten und fragte die Frau, ob sie ein Bier mit ihm trinken würde. Verkaufen würde sie ihm eins, aber mit ihm trinken nicht, sagte die. Bogutin zuckte zusammen. Abfuhren war er nicht gewohnt. Er holte tief Luft, die nach verbrannten Bratwürstchen roch, wollte etwas entgegnen, ließ es, ging weiter. Er wühlte in der Jackentasche nach der rotweißen Packung, zippte mit zwei Fingern eins der Stäbchen heraus, zündete es an und sog gierig den Rauch ein. Eine fürchterlich misstönende Musik traf seine Ohren. Komm, die spielen Modern Jazz, hörte er eine Stimme rufen. Bogutin schritt langsam die Straße hinunter, nahm seinen wiegenden Cowboygang wieder auf. Den Hut hatte er in den Nacken geschoben, die Hände pendelten in der Höhe der Hüfte, die fast aufgerauchte Kippe klemmte im Mundwinkel.

Die Sonne sackte tiefer. Bogutin schnippte die Kippe achtlos fort, nahm prüfend die Sonnenbrille ab. Go West. Er ging jetzt schnurstracks nach Westen, immer der Straße nach. Zum Hallo stand irgendwo auf einem Schild. Ja hallo Schöne, dachte Bogutin. Ich komme. Ihm wurde warm ums Herz. In regelmäßigen Abständen tauchten die Reklametafeln mit seiner Geliebten auf. Vor jeder verharrte er einige Sekunden andächtig. Die blonden Haare, das Lächeln, die Schultern... In Gedanken zog er sie aus, liebkoste ihre Brüste, küsste ihren Bauchnabel. Sie trug keine Nylons, obwohl er immer geglaubt hatte, hier im Westen... Er riss sich zusammen. Die Geräusche des Straßenfestes waren hinter ihm verklungen.

Die erstaunten Blicke einiger Fußgänger, die ihm entgegen kamen, bemerkte er nicht. Obwohl die Sonne sich anschickte unterzugehen, wurde ihm plötzlich wärmer. Zum Müllheizkraftwerk las er auf einem Schild. Qualmwolken wälzten sich aus hohen Schornsteinen in den Dämmerhimmel, immer heißer wurde es ihm. Er rannte jetzt, hatte sich den Hut tief in die Stirn gepresst, die Jacke trotz der Hitze fest geschlossen. Ein Gefühl hatte sich seiner bemächtigt, ein Gefühl der Gewissheit, bald könne er am Ziel sein. Seine Hand krampfte sich um die Packung in der Jackentasche. Bogutin rannte keuchend. Er hatte heute kaum etwas gegessen, nur geraucht, seine Kräfte ließen nach. Er stolperte die Böschung zu einem Wasserlauf hinunter.

Da sah er sie. In den undurchsichtigen Schlammfluten des stinkenden Kanals erschien die liebreizende Gestalt seiner Geliebten. Blond, schlank, frech. Dann war sie plötzlich verschwunden. Ein Eisesschreck durchfuhr ihn. Nein, da war sie wieder, bewegte sich leicht, verschwamm, schien ihm zu winken. Mit zitternden Fingern nestelte Bogutin eine Zigarette aus der zerquetschten Packung. Die letzte. Nur ruhig boy, murmelte er, nur nicht husten jetzt. Gierig zog er an seinem Glimmstängel. Hallo Darling, versuchte er zu rufen, brachte aber nur ein heiseres Krächzen zustande. Die Blonde lächelte, entblößte ihren Oberkörper, genau so, wie er es sich unterwegs ausgemalt hatte. Sie war es, kein Zweifel, und sie liebte ihn! Go West, hörte er sie girren, Go West! Da brüllte Bogutin: Yes! Darling, here I come!, warf einen letzten Blick zum dunklen Himmel – und sprang. Der Kanal produzierte eine Weile konzentrische Kreise, die die Oberfläche des Wassers kräuselten. Die Sonne ging endgültig unter.

Am nächsten Tag fanden Spaziergänger die schwarze Kleidung an der Böschung liegen. Ein kleines Mädchen sagte, guck mal, das sieht aus wie der Anzug des verkleideten

Mannes auf dem Straßenfest. Ja, sagte ein älterer Mann, der gehörte sicher zum Clownstheater. Dann gingen sie weiter am Kanal entlang, nach Westen.

Blaue Blume

Der Mann hatte sich auf dem Altenteil des Bauernhofes eingemietet, der schon seit Generationen den Vincents gehörte. Für ein, zwei Monate, hatte er gesagt. Nun war er schon ein halbes Jahr da. Der Hof lag abseits des Dorfes, an der Biegung der Straße stand ein Holzkasten mit einer Klapptür, in den der Bäcker, der mit seinem 2-CV-Kastenwagen kam, die Weißbrote stellte, und die Frau mit dem gelben Renault 4 von der PTT die Zeitungen und Briefe warf. Manchmal aß der Mann abends mit den Vincents zusammen, sie hatten ihn aufgefordert, er könne immer kommen. Er müsse sein Französisch verbessern, brachte er dann vor, als ginge es nicht ums Essen. Sonst lebte er sehr zurückgezogen, ging viel spazieren, wanderte an guten Tagen mit dem Rucksack weite Strecken bergauf. Er habe wieder Steinadler gesehen, berichtete er dann. Auf Bären sei er nicht gestoßen. Wenn die Sonne schien, saß er gern auf der Holzbank, die an der Südseite des Anbaus lehnte. Das Holz fühlte sich gut an, roch nach Wärme. Überhaupt duftete hier alles, die Bäume, Pflanzen, die Luft, das Wasser des nahen Flüsschens; das Holz, die Steine und die Ziegel; Schafe, Hühner, Hunde und Katzen. Die dufteten natürlich nicht nur, stanken manchmal und machten Geräusche, wie der Fluss. Der war sehr vorlaut, wie der Mann dachte, doch es störte ihn nicht so sehr wie der Lärm der Autobahn, in deren Nähe er gewohnt hatte. An Regentagen schrieb er an einem Manuskript. Er wusste noch nicht, was es werden würde, vielleicht einige Essays oder

Kurzgeschichten. Es machte ihm Spaß, vor allem, weil ihn nichts zwang. Niemand wartete auf ein neues Buch, es gab genug davon, und längst waren andere Arten von Büchern, wenn überhaupt, gängig. Obwohl er seine Leser und Leserinnen gehabt und vielleicht immer noch hatte.

Man sah ihm sein genaues Alter nicht an, er wirkte jünger, als er war. Die Bäuerin, eine große schlanke Frau mit blondem Haar und blauen Augen, die sicher aus der Normandie stammte, mochte ihn. Sie zeigte ihre Sympathie manchmal, indem sie ihm, wenn sie den Eindruck gewann, dass er nicht zum Abendessen herüberkommen würde, eine Kleinigkeit vor die Tür stellte. Wenn er am nächsten Tag das gespülte Geschirr verlegen zurückbrachte, wusste sie, dass es richtig gewesen war.

Kurz nach Neujahr stellte der Bauer eine Hilfskraft ein. Die junge Frau kam aus Paris, hatte ihr Studium abgebrochen und war, wie sie sagte – so hatte der Mann es jedenfalls verstanden – auf der Suche. Sie hatte auf die Anzeige, die ihr scheinbar das völlige Gegenteil ihres bisherigen Lebens bot, geantwortet. Weg von der Gelehrsamkeit, weg von der Theorie, weg von der Großstadt. Das Bauernehepaar war zunächst skeptisch, konnte aber der Herzlichkeit und Offenheit Madeleines nicht widerstehen. Man wolle es mal versuchen, hatte der Bauer, ein wortkarger, dunkler, baskischer Typ, gebrummt. Sie durfte zur Hand gehen, wo gerade jemand gebraucht wurde. Nach und nach erkämpfte sie sich feste Bereiche, um die sie sich kümmerte, zum Beispiel die Hühner. Auch den Hund versorgte sie, ging oft mit ihm in die Berge, wenn er nicht bei einer der Herden gebraucht wurde. Manchmal war sie es, die dem Mann unauffällig das Essen brachte.

Einmal kam sie, als er sich gerade selbst das Abendbrot machte. Beide waren verunsichert. Sie wollte wieder gehen, das Essen mitnehmen, doch er meinte, sie könnten doch gemeinsam speisen, das, was sie gebracht habe und das, was er gerade versuche anzurichten. Sie zögerte, lächelte, blieb. Sie unterhielten sich gut, viel lebhafter, als er jemals gedacht hätte. Zum ersten Mal erzählte er über sich selbst, über das, was vorher war.

Bei ihr sei das ja noch nicht viel, sagte sie.

Oh, er schüttelte den Kopf, das müsse sie nicht so sehen, da sei doch die Kindheit und die Jugendzeit, ein ganzer Korb voller Erinnerungen, manches sei verschüttet, vieles sähe man erst als Erwachsener richtig, manches könne man sich später erklären, das erlittene Unrecht, die Machtlosigkeit, die Fehler, die man hätte vermeiden wollen, aber wohl machen müssen. Und die Prägungen, ein Leben lang sei man damit beschäftigt, herauszukriegen, was einen geformt habe, warum und in welcher Weise. Und genauso sei es mit den gesellschaftlichen Bedingungen und Werten. Er werfe, seitdem er das erkannt habe, ständig Ballast ab, die Gewichte der bürgerlich-kapitalistischen Gesellschaft mit ihrer Doppelmoral, Gewichte, die die Mehrheit der Menschen zu Boden drückten, drücken sollten.

Erstaunt zog sie die Augenbrauen hoch, wollte entgegnen, schwieg dann, um ihn ausreden zu lassen. Sie konnte ihm in vielen Dingen zustimmen, hatte auf der Universität einiges mitbekommen, obwohl die wilden Sechzigerjahre vorbei und Geschichte waren, sich lange vor ihrer Zeit abgespielt hatten. Er holte eine Flasche Rotwein aus dem Regal, einen Corbières, blickte fragend. Sie nickte, er stellte zwei Gläser auf den Tisch.

Warum er denn hier sei?

Endlich hatte sie die Frage gestellt, die das Bauernpaar noch nicht gewagt hatte zu äußern. Er schien zu zögern, wollte sprechen, brach ab, setzte erneut an. Er sei geflüchtet. Nein, nicht aus politischen Gründen, so sei die Situation zurzeit erfreulicherweise nicht. Aber was nicht sei, könne noch kommen, leider träfe vieles ein, von dem man sich wünsche, es geschähe nie. Er sei aus persönlichen Gründen hier, er habe die Großstadt verlassen, als sie unwirtlich geworden sei. Was ihn lange gehalten habe, seien die Menschen gewesen, die, die er kannte, mit denen er befreundet gewesen sei. Aber fast alle seien fort, gestorben, weggezogen, oder man sei wegen Meinungsverschie-denheiten auseinander.

Verwandte?, fragte sie.

Ja, da sei ein Bruder, der sei ihm aber immer wesensfremder geworden, der lebe in einer anderen Welt, in der vorhandenen, der nehme alles so wie es sei.

Das habe sie bisher auch getan, erwiderte sie, leicht errötend.

Er habe ihr keinen Vorwurf gemacht, meinte er, sie sei doch noch jung, habe ihren Ballast noch. Vielleicht steige sie irgendwann auf in ungeahnte Höhen, wie mit einem Fesselballon. Obwohl Fesseln sehr unangenehm werden könnten.

Sie lachte.

Vom Pic de la Bernadette sähe man die Welt wie aus einem Ballon. Er würde gern mal mit ihr zusammen dort hinauf, vielleicht könnten sie ja den Hund mitnehmen.

Sie verabredeten sich für den nächsten Sonntag, wollten gleich im Morgengrauen los. Sie brauchten fünf Stunden für den Aufstieg, der sie ziemlich erschöpfte. Dem Hund schien es nichts auszumachen, solange er sich bei den kleinen Bachläufen, auf die sie unterwegs stießen, satt saufen konnte. Als sie aus den Wäldern auf die mit einer kurzstoppeligen braun-grünen Wiese bewachsene Kuppe traten, brannte ihnen die Sonne unbarmherzig in die Gesichter.

Da, rief er, da sind sie. Ruhig kreisten zwei Steinadler über der Tiefe, die sich unter ihnen ausbreitete. Ihre Blicke schweiften über ein Meer von kalkfarbenen Bergmassiven und Spitzen, die Victor Hugo als Kolosseum des Chaos bezeichnet hatte, die alle menschlichen Bauwerke fast wie ein Nichts erscheinen ließen. Riesige Steinmassen, die sich blaugrau im Dunst der Ferne verloren. Zwischen den Bergrücken langgezogene Täler, aufgeteilt in grüne Vierecke, die mit Buschreihen um-randet waren, dann und wann ein Bauernhof, gemauert aus schiefergrauen Steinen, gedeckt mit ebensolchen Ziegeln. Es war still, nur den Wind konnten sie hören. Er breitete eine Decke aus, suchte in den Rucksäcken nach Wein, Brot und Käse. Sie schwiegen eine Weile, schließlich sagte er, es sei schön hier oben. Er sei sehr zufrieden. Der Blick aus dem Ballon entschädige für vieles.

Sie stimmte ihm zu. Obwohl, manchmal fehle ihr die Stadt. Vielleicht sei sie ja doch noch zu jung, um in die Berge zu gehen. Ob er nichts vermisse?

Nein, eigentlich nicht, es sei denn – er zögerte.

Sie blickte ihn an.

Außer einer Frau fehle ihm nichts. Eine, die er mögen könnte.

Ob denn zu Hause jemand sei?

Nein, da sei niemand.

Ob er denn jemand wisse, die er mögen könnte?

Ja, schon, aber – er schüttelte den Kopf – nein, das sei Quatsch, das müsse er sich aus dem Kopf schlagen.

Ob er sie denn leiden könne?

Er hob den Kopf, suchte ihre Augen. Er fühlte seinen Hals trocken werden, nickte, griff nach der Weinflasche, nahm einen Schluck. Sie wartete ruhig ab, bis er die Flasche niedersetzte, beugte sich dann vor und küsste ihn auf den Mund.

Ein freudiger Schreck durchzuckte ihn, lange war es her, dass er mit einer Frau zusammen gewesen war, wie ein Stromschlag durchfuhr es ihn vom Hals bis in die Zehenspitzen, das Wohlgefühl überwältigte ihn fast.

Er schloss die Augen, nahm ihre Hand in die seine und drückte sie sanft.

Er blieb auch noch den Herbst und den Winter in Larrande auf dem Hof der Vincents, machte sich nützlich mit allerlei Kleinigkeiten, sägte und hackte Holz und führte den Hund spazieren. Madeleine blieb ebenfalls. So erlebten sie das Land der blauen Blume, das, was sich, wenn man Glück hat, hinter dem Horizont befindet, oder von dem man meint, es befände sich dort, die blauen Berge der Möglichkeiten, der Dunst des Vielleicht, bis Madeleine im nächsten Frühjahr aufbrach nach Paris, um ihr Studium fortzusetzen.

Licht und Schatten

Es war mal wieder so weit. Der wachsame Einzelhandel versäumte bei keiner Gelegenheit, deutlich auf den unaufhaltsam näher rückenden Termin hinzuweisen. Spekulatius neben den Supermarktkassen zu Anfang September waren die ersten Anzeichen, dann tauchten nach und nach die Schokoladenweihnachtsmänner auf. Schließlich entdeckte man in den Schaufenstern die sattsam bekannten, ein Jahr lang im Keller verstaubten Requisiten: Engel, Schlitten, Watteschnee. Im November begann die heiße Phase. Lichterketten spannten sich quer über die Einkaufsmeile von Haus zu Haus. Einer der Bürgermeister, der Mehrheitspartei angehörend, hatte werbewirksam auf den Startknopf gedrückt, wie im Stadtspiegel in behäbiger Breite nachzulesen war.

Als Michael am nächsten Tag die Straße entlang fuhr, musste er plötzlich heftig bremsen. Vor ihm auf dem Asphalt lag eine der Glühlampenketten. Nebenan auf dem Bürgersteig stieg ein Mann im blauen Overall von der Leiter, einen Schraubenzieher in der Hand. Michael kurbelte das Seitenfenster herunter.

„Was'n hier los?"

„Auftrag vom Chef, muss wieder runter, das Zeugs."

Als er Michaels fragenden Blick sah, bequemte sich der Blaumann zu einer kurzen Erklärung.

„Dat ham die aufgehängt hier, vom Einzelhandelsverband, ham einfach Löcher in die Hauswand gebohrt, ohne zu fragen. Und dat muss eben wieder runter, hat der Chef gesagt."

Dabei wies er hinter sich. Der Chef, das war Herr Ebersbach von der Firma Textilien Ebersbach, wie die Leuchtschrift über den Schaufenstern verkündete. Lautes Autogehupe ertönte. Hinter Michaels Wagen staute sich der Verkehr. Ein Fahrer beugte sich weit aus dem Fenster und brüllte:

„Kannste nich vorran machen, du Arsch?"

Michael wusste nicht, ob er oder der Mann im Overall gemeint war. Der begann gemächlich die Lampenkette aufzurollen und von der Straße abzuziehen. Michael fuhr los. Ein Stück weiter sah er drei Mann bei der Arbeit. Vor der Papeterie Uetersen lagen mehrere aufgerollte Lichterketten.

Am selben Abend noch machte Michael mit seiner Frau einen Spaziergang die Einkaufsstraße entlang und sah sich die Bescherung an. In unregelmäßigen Abständen fehlten ganze Reihen von Lampenketten, helle Lichtreflexe von den verbliebenen Girlanden wechselten ab mit langen dunklen Flächen auf den Bürgersteigen.

„Das ist aber mickrig in diesem Jahr", meinte seine Frau.

Zwei Tage später stand es in der Zeitung. Nicht nur Ebersbach, auch eine Reihe weiterer Händler hatte das ungefragte Anbohren ihres Eigentums übel genommen und die Leuchtdekoration abnehmen lassen. Der Einzelhandelsverbandsvorsitzende Proske schäumte. Störung des Weihnachtsfriedens warf er den Querulanten vor, unsolidarisches Verhalten. Letzteres ein Begriff, den Proske sonst nie benutzte, der bei ihm, wenn er bei Verhandlungen mit der Gewerkschaft fiel, eher eine Gänsehaut verursachte. Auf das eigenwillige Vorgehen seines Verbandes ging er nicht ein.

In der Folgezeit erfuhr die Öffentlichkeit den Sachstand in etwa aus dem Stadtspiegel. Eine Leserin schrieb, die Einzelhändler sollten sich mal etwas Neues einfallen lassen, nicht immer dieselben Dekorationen. Ausgerechnet am Nikolausabend verlöschten die restlichen Lichterketten. Der Saft war von unbekannter Hand abgedreht worden. Verdächtigt wurden natürlich Ebersbach und seine Leute. Die wiesen die Anschuldigungen mit Hinweisen auf ihre Seriosität als ehrbare Kaufleute empört von sich. Gegen Mitte des Monats entdeckte Ebersbach eines Morgens Scherben vor seinem Laden. Eine Schaufensterscheibe war hin. Unverzüglich beauftragte er seinen Rechtsanwalt, gerichtliche Schritte gegen den Verbandsvorsitzenden Proske in die Wege zu leiten. Der Verband wehrte sich. Mit Mühe und Not leitete man wieder Strom in die verbliebene himmlische Dekoration. Der Stadtspiegel berichtete weiterhin ausführlich, ja fast genüsslich.

Kurz vor Weihnachten lag eines Abends wieder alles im Dunkeln. Die Einkaufsmeile mit ihren glitzernden, verlockenden Angeboten in den Schaufenstern musste ohne den hellen Segen von oben auskommen. Die Polizei stellte fest, dass jemand mit einem Luftgewehr einige Glühbirnen ausgeschossen hatte, damit war ein satter Kurzschluss erzeugt und die Verbindung gestörtworden. Die Sache war am nächsten Tag der Aufmacher in der Zeitung. Proske, Ebersbach, zwei Rechtsanwälte und sogar ein Pfarrer wurden interviewt. Letzterer erinnerte an die zehn Gebote. Worauf ein Leserbriefschreiber meinte, das Abmontieren von Weihnachtsgirlanden käme seines Erachtens dort nicht vor, ob es vielleicht inzwischen ein elftes Gebot gäbe?

Der Einzelhandelsverband reagierte trotzig. Die Weihnachtsbeleuchtung bliebe dann eben die restliche Zeit bis Weihnachten aus, erklärte Proske. Ebersbach erhielt ein Schreiben der Staatsanwaltschaft mit der Bitte, zu gewissen Vorwürfen auf Grund einer Anzeige bei der Polizei Stellung zu nehmen. Der Höhepunkt der Weihnachtszeit nahte unerbittlich. Ebersbach und einige weitere Getreue besorgten große Weihnachtsbäume mit Lichtgirlanden, stellten sie vor ihre Geschäfte und schlossen sie bei beginnender Dunkelheit ans eigene Stromnetz an.

Michael ging am Abend mit dem Hund raus und besah sich die Sache. „Immer noch mickrig", murmelte er, während der Hund einen der Weihnachtsbäume nutzte, um sein Bein zu heben. Drei Tage vor Weihnachten, dem Fest des Friedens und der Liebe, waren plötzlich die Weihnachtsbäume verschwunden. Vermutungen wurden laut, alle Beteiligten äußerten sich im Stadtspiegel mit gezielten Verdächtigungen. Zu beweisen war nichts. Örtliche Politiker von SPD, CDU und Grünen meldeten sich zur Wort. Baten unisono um Frieden und Besonnenheit. Am 23. Dezember fiel im ganzen Stadtteil stundenlang die Stromversorgung aus. Daraufhin wurden in allen Geschäften, die so etwas führten, reichlich Kerzen gekauft. Bei der Papeterie Uetersen gingen die Wachsleuchten weg wie warme Semmeln.

Als Michaels Frau am Mittag des heiligen Abends mit Verspätung von ihren letzten Einkäufen nach Hause kam, berichtete sie über einen Fahrstromausfall der U-Bahn. Über eine Stunde lang hatte sie zwischen zwei Haltestellen in der dunklen Röhre gesteckt. Kurz darauf durchstreiften Polizisten den Stadtteil. Das hatte Michael noch nie gesehen: haufenweise Ordnungshüter am heiligen Abend im Dienst. Die Bevölkerung war in Erwartungshaltung. Einige empörten sich, Weihnachten galt ihnen als etwas Heiliges, Unangreifbares. Die meisten nahmen es von der sportlichen Seite.

Am Abend des heiligen Abends sagte Michael zu seiner Frau: „Komm, lass uns kurz ums Viereck gehen, mal sehen, ob was los ist!"

Es war nichts los. Auf den letzten Drücker hatten Proske und sein Verband neue Glühbirnenketten besorgt und aufhängen lassen, da, wo sie es noch durften. Und Ebersbach und seine Leute hatten nicht nur neue beleuchtete Weihnachtsbäume aufgestellt, sondern zusätzlich mit künstlichen alten Straßenlaternen, in denen gelbes Funzellicht blinkte, für die rechte Stimmung und die weihnachtliche Erhellung gesorgt. Niemand sonst war auf der Straße. Lediglich in der Ferne rangierte jemand sein Auto in eine Parkbucht.

„Jetzt sieht es ja doch festlich aus", sagte Michaels Frau.

Wenn am Bahnhof Blumen blühn

Im Sing-Sang zu lesen

Die Züge sind leer und in den Bahnhöfen wohnen Türken. Die Elstern räubern in den Hinterhöfen und die Möwen wissen nicht mehr wo das Meer ist sie picken den Bauern die Saat aus den zerdüngten Furchen und vertreiben die Tauben aus der Stadt. Die Gleise wuchern zu und die Namen der Stationen verwittern auf den Emailleschildern längst hängt die rote Mütze am Nagel mit der Trillerpfeife spielt das Kind auf der Straße wo es tausendmal totgefahren wird hier toben die Großen mit ihren Autos das nennen sie Individualismus und Freiheit. Die Autos sind hochglanzpoliert und PS-stark-frisiert und dürfen von keinem Fremden angefasst werden sonst wird scharf geschossen. Die Fremden sollen bleiben wo sie herkommen ihre Taschen sind leer und auf unseren liegen wir selber.

In unseren Taschen ist unser Geld unser Geld unser Geld das wir verdient haben mit den Rohstoffen aus den armen Ländern woher die Menschen mit brüchigen Booten über stürmisches Wasser zu uns kommen weil sie hungern oder politisch verfolgt werden aber wir lassen sie nicht rein dafür sorgt Frontex mit Schiffen und Flugzeugen und Waffen. Manche schaffen es nicht zwanzigtausend Tote Männer Frauen Kinder liegen auf dem Grund des schönen Mittelmeeres wo wir Urlaub machen auf Malta oder Lampedusa oder in Sizilien. Bleibt bloß da wo der Pfeffer wächst den wir uns schon seit fünfhundert Jahren holen habt ihr das noch immer nicht verstanden?

Wir trinken saures Wasser und essen Chemie Hauptsache alles sieht schön aus die Regierung sagt es geht uns gut. Und wir sind frei so frei so vogelfrei. Die Gewürze werden radioaktiv bestrahlt bevor wir sie essen sollen dann sind sie veredelt und sehen frisch aus in den Regalen wir brauchen nicht auf das Verfalldatum zu achten. Keiner weiß wohin mit dem Atommüll wohin mit der Energie willst du wirklich nicht noch mehr Maschinen und Apparate für dein gemütliches Heim?

Die Neue Heimat und die neuen Länder sind pleite und die alten auch und die Bindungsfrist für Sozialwohnungen läuft ab und die Mieten steigen und die Aussiedler und die Flüchtlinge aus Afrika und die Roma vom Balkan kommen aus ihrer alten Heimat in unsere und brauchen Wohnung Arbeit Brot. Jeder der will der kann. Trotzdem sterben die Deutschen angeblich aus und Ausländer raus heißt es und der alte Papst wettert gegen die Pille. Das geborene Leben wird nicht geschützt Äskulap verbirgt sein Haupt der Arzt geht ins Gefängnis in Wirklichkeit sind die Frauen doch Hexen.

Die teuren Wohnungen gehen weg wie warme Semmeln und die billigen stehen leer weil sie schlecht sind und für viele immer noch zu teuer und in der Einkaufszone betteln die Faulenzer sagen die Reichen bei uns kann jeder der will außer den vier Millionen. Wer will dem geht es gut die Autobahnen sind voll das sind Beweise für Wohlstand und zu wenig Autobahnen. Schlagt mehr Schneisen in das Land und in die Städte die Räder müssen rollen für den Wohl-Stand welcher Stand aller Stände das auch sein soll wohl gibt es den Stillstand auf der Autobahn immer öfter der Radiosprecher sagt nicht mehr Stau auf folgenden Autobahnen er freut sich und macht's sich leicht Staus auf allen Autobahnen umfahren Sie großräumig!

Die Züge sind leer und in den Bahnhöfen wohnen Türken. Manchmal fahren sie in Urlaub nach Hause wo es staubt und die Sonne scheint und vertraute Musik erklingt. Und kommen sie wieder sind die Bahnhöfe voll da wo noch Züge fahren mit denen fährt man durch Röhren in den Bergen darüber fahren achttausend Lastwagen pro Tag für den Wohlstand jetzt sollen sie nachts ruhen. Es ist aber keine Ruhe im Land links des Weges nicht das wäre ja noch schöner leider auch rechts nicht denn der Briefträger bringt unerwünschte Post im Wahlkampf hat die Freiheit wirklich keine Macht das Unrecht zu verhindern vielleicht will sie es nicht weil der Verfassungsschutz unterwandert ist von den Neunazis.

Die Bussarde finden ihre Beute an der Autobahn und in den Stahlfabriken nisten die Dohlen. Sag mir wo die Blumen sind wo sind sie geblieben. Im rosa Superzug gibt es Sekt Französischkurse wenn dir noch Zeit bleibt lass dir die Haare schneiden die Wagen sind extragefedert deshalb. Time is money die Fahrpreise sind hoch viele kaufen sich lieber ein Auto freie Fahrt für freie Bürger gilt nur auf der Straße wir stau – nen immer wieder was sich die Leute ihre Freiheit kosten lassen siebentausendmal im Jahr das Leben und noch mehr kaufen sich Rollstühle. Aber vom Bahnhof nach Hause kommst du nicht sie haben die Schienen verschachert die Trassen geteert jetzt dürfen wir alle dort parken.

Auf dem Land sind die Züge besonders leer und in den Bahnhöfen wohnen Türken. Was ist auf dem Land bloß los! Der Schützenkönig zieht mit seinem Hofstaat vorbei Mustafa schweigt die Deutschen singen deutsche Lieder natürlich sie feiern mit Knüppelmusik im Deutschen Haus. Und in den Fabriken arbeiten immer weniger Kollegen immer länger und überhaupt wo kommen die Yuppies her die mit dem

Landcruiser oder dem Sports Utility Vehicle dem SUV autobummeln durch die Einkaufsstraße man muss sich zeigen man kann sich sehen lassen das Krokodil von Lacoste beißt nicht mit dem Sportwagen wird gerast Vollgas wo immer es geht noch zehn Meter bis zur roten Ampel.

In der Passage gibt es Schuhe für achthundert Euro und im Papierkorb wühlt einer nach Brot und Pfandflaschen. Neue Waffen sichern unsere Selbstsicherheit nicht das Bewusstsein das haben wir schon verkauft das Feindbild verschwimmt im Licht der aufgehenden Sonne notfalls suchen wir uns eine neues sicher wem nützt das. Der Tiefflieger stürzt ab zieht seine Todesschneise durch die Stadt im Bergischen Land frohlocket alle so erhöht sich das Bruttosozialprodukt. Uns geht es gut und lustig ist das Zigeunerleben ab in die kalte Heimat fahren wir fahren wir wohl. Die Wohlfahrt ist sozial doch das Geld ist woanders die Maschen des Netzes sind so weit so weit wie unsere Freiheit reicht die Bösen sind immer die anderen denen es schlechter geht so sind wir froh und dankbar und nehmen es hin.

Der Herrhausen ist nicht mehr Herrimhaus bei der Deutschen Bank auf der kann man nicht sitzen dagegen macht die Deutsche Bahn gar nichts oder die Deutsche Bundesbank die es bald nicht mehr gibt und in deren Haus die Türken noch nicht wohnen denn jetzt gibt es die Europäische Bank und die Troika mit ihren Schirmen und treibt die Länder in den Ruin. Die Türken sitzen auf der Bank vor dem Haus der Deutschen Bahn das heißt also vor dem Bahnhof in dem sie wohnen mit Blumen vor den Fenstern und Hühnern im Garten und sie winken dem letzten Zug nach der längst abgefahren ist und sie lachen und lachen und vielleicht werden wir das alles eines Tages verstehen.

Frischen Morgen

Die neuen Bestimmungen zum Schutz der Atmungssphäre sind drastisch. Nachdem vor einigen Jahren, so um 2020 herum, die Einführung von Elektrofahrzeugen am Widerwillen der Bevölkerung gescheitert war – die Elektrofahrzeuge waren nicht schnell genug, hatten keine Schaltung und gaben auch kein lautes, sonores Geräusch von sich, wie man es vorher gewöhnt war und überhaupt war Strom dafür viel zu teuer – hatte sich der Dreieckskolbenhubexplosionsmotor mit Reaktivierungskompressor sehr stark durchgesetzt. Die Manager der Autofirmen jubelten. Der Umsatz stieg so stark, wie sie es sich in den unverschämtesten Prognosen nicht ausgemalt hatten. Der Dreieckskolbenhubexplosionsmotor mit Reaktivierungskompressor lief mit einer Mischung aus Rohöl, Methan und Alkohol und war sehr sparsam im Verbrauch, Rohöl war knapp, weil der so genannte Oil-Peak schon lange überschritten war und einige Länder, die noch Öl besaßen, dies selber verbrauchten und nicht mehr lieferten. Zum Teil musste Öl aus Kohle hergestellt werden, die dann aber zum Heizen nicht mehr zur Verfügung stand. Der Alkohol wurde überwiegend aus Obst und anderen Pflanzen gewonnen, so war es gelungen, die jährlich steigenden Überschüsse aus der Produktion sinnvoll zu verwenden, anstatt sie mit hohem Kostenaufwand zu vernichten. Auch wurden jetzt die Obstbäume an den Straßenrändern und in Privatgärten wieder sorgsam abgeerntet. Die Ernte in arme Länder zu bringen lohnte nicht, da die

Menschen dort die Nahrungsmittel nicht bezahlen konnten. Ein Nachteil ließ sich allerdings nicht vermeiden: der Motor erzeugte ein bis heute noch nicht genau analysiertes Abgasgemisch, das viel gefährlicher war als die früheren Abgase. Nach und nach hätte dieses Gemisch die früher Luft genannte Atmungssphäre vollkommen zerstört. Als man merkte, dass Mundschutztücher und Atemmasken nicht mehr ausreichten, die Ausgabe von Jodtabletten und Milchpulver gegen Vergiftungserscheinungen nicht so recht klappte, stellte man in letzter Sekunde überall große Turbulatoren auf, die ein Gemisch aus Sauerstoff, Helium und anderen Edelgasen in die Atmungssphäre pumpten und so ein Weiterleben der Menschen ermöglichten. Allerdings verbrauchten diese Turbulatoren zusätzlich kostbaren Betriebsstoff, sodass sich die Katze in den Schwanz biss. Die ganze Sache war sehr kostspielig. Sie schlug sich in einer kräftigen Lohn- und Einkommensteuererhöhung nieder. Zusätzlich wurde beim Lebensmitteleinkauf ein Atmungscent erhoben.

Doch jetzt im Jahr 2030 kommen die Turbulatoren gegen den weiter wachsenden Bestand der Autos nicht mehr an. In den neuen drastischen Bestimmungen des Gesetzgebers, die durch den Regierungscomputer ermittelt wurden, heißt es daher:

Betr.: Sauberhaltung der Atmungssphäre!
(Katastrophenplan Nr. 307)
Die Benutzung von Automobilen wird ab sofort grundsätzlich untersagt. Bei Krankenhäusern, Feuerwehr, Polizei, militärischen Institutionen und Regierungsmitgliedern werden Ausnahmen zugelassen. Alle Fahrzeuge sind an Fahrbahnrändern und in Garagen abzustellen. Autobahnen und Schnellstraßen bleiben frei und sind sofort ausnahmslos zu räumen...

Die Straßen der Wohnviertel, die Innenstadt, Fußball- und Spielplätze sind jetzt ziemlich verstopft und nicht mehr benutzbar. Ich habe Glück gehabt, mein Auto steht nur drei Kilometer von meiner Wohnung entfernt, so kann ich wenigstens ab und zu mal hingehen und nachsehen. Die Straßenparkgebühr kostet einen Euro täglich. Das ist billig, doch mein Wohnungsnachbar hat mir etwas von einer geplanten Erhöhung erzählt. Deshalb möchte ich meinen Wagen gern von Ödkamp, wo ich wohne, zum fünfzig Kilometer entfernten Undorf bringen, wo ein Freund eine leer stehende Garage besitzt. Er hat seinen Wagen noch kurz vorher an einen dubiosen Händler verkaufen können, der Autos nach Fernost exportiert. Allerdings hatte er bereits ein Schreiben des örtlichen Amtes zum Schutz vor Verschmutzung der Atmungssphäre – einer Unterstelle der Atmungssphären-Verschmutzungsbehörde – erhalten, mit dem ihm die zwangsweise Einweisung eines fremden Fahrzeuges angekündigt wurde. Dem wollte ich zuvorkommen. Das Problem war nur die Strecke zwischen Ödkamp und Undorf. Man durfte ja nicht fahren.

So war ich vor einigen Wochen zu Fuß bei der Atmungssphären-Verschmutzungsbehörde gewesen, um eine Ausnahmegenehmigung zu bekommen. Der Aufzug brachte mich ins dreiundzwanzigste Stockwerk. An der Tür mit der Nummer 2307/4 b/215 gelb stand: Möller, VSchmuInsp. Ich trat ein und grüßte mit „Frischen Morgen!" Seit der Einführung der Turbulatoren war dies der gesetzlich vorgeschriebene Gruß. Der Mann hinter dem schwarz glänzenden Kunststoff-Schreibtisch blickte kurz auf und murmelte ebenfalls „Frischen Morgen." Dann schwieg er, tippte Zahlen in seinen Rechner, fingerte mit der anderen Hand nervös an einem Dry-Pod herum. Ein Paar Kopfhörer und ein Fläschchen mit rosafarbenen Tabletten befanden sich zwischen einer Dose mit alten CDs, neuen NQ-6-Playern und einem Stapel Mehrfachschreibpapier auf der Schreibtischplatte. Erst nach mehreren Minuten blickte er irritiert auf und sah mich fragend an. Ich begann zu erzählen, was ich geplant hatte. Nach anfänglichen aufgeregten Zwischenrufen wie „Das geht nicht" oder „Das haben wir noch nie gemacht" und „Da könnte ja jeder kommen" hörte er mir endlich ruhig zu. Ich erklärte ihm, dass in unserer Stadt durch meine Fahrt der Platz für ein Auto frei und in der anderen Stadt bisher ungenutzter Raum besetzt würde. Außerdem bestünden in der anderen Stadt bessere Verschrottungsmöglichkeiten. Bei uns konnte man frühestens in einem Jahr einen Termin bekommen. Als ich aufhörte zu reden, sagte er kurz: „Sie hören von uns. Frischen Tag!" „Frischen Tag!" Ich ging, schöpfte Hoffnung und hörte lange Zeit nichts von der Behörde. Die Meldungen in den drei großen Tageszeitungen, die es im ganzen Land noch gab, und im Fernsehen, das von zweihundert Privatsendern ausgestrahlt wurde, ließen meine Hoffnungen sinken. „Gut-Stern-Autofabrik stillgelegt!" „Regierung veranlasst Wolfsburg, die Bänder auf die Herstellung von Töpfen, Bratpfannen und Gießkannen umzustellen!" „In München wird weiterproduziert ohne Absatzmöglichkeiten, die Parkhäuser stehen voller Neuwagen!"

Die Gewerkschaften kämpfen verzweifelt und immer härter um Arbeitsplätze, drängen auf Weiterproduktion in anderen Bereichen und auf Konversion, Streiks sind an der Tagesordnung. Die Selbstmordrate ist genau so steil angestiegen wie die Zahl der Arbeitslosen. Die neunziger Jahre gelten als die gute alte Zeit. Die Menschen hasten durch die schmalen, zwischen den stillgelegten Autos freigelassenen Gassen, viele fahren wieder mit dem Fahrrad, kuriose, von Menschenkraft angetriebene Fahrzeugkonstruktionen tauchen auf. Auch

Pferde sind häufig zu sehen, selbst überzüchtete Rennpferde ziehen zweirädrige Karren hinter sich her.

Heute Morgen brachte mir ein Bote mit dem Fahrrad einen Brief von der Atmungssphären-Verschmutzungsbehörde. „Vertraulich zu behandeln!" las ich als erstes. Und dann jubelte ich. Die Ausnahmegenehmigung wurde mir erteilt, zwar mit einer langen Reihe von Auflagen, aber ich hatte es geschafft. Ein Verstoß gegen die Auflagen würde mit Schutzhaft geahndet, dies musste ich auf einem besonderen Formular bestätigen, die Genehmigung kostete einhundertfünfzig Euro, die ich sofort zu bezahlen hatte. Ich tat alles, was von mir verlangt wurde, und der Bote verschwand.

Jetzt, ein paar Stunden später, rolle ich langsam mit meinem Wagen auf die Schnellstraße zu, die früher einmal ‚Traumstraße' hieß. Gelber Dunst hängt über der Stadt, ich kann die Sonne ahnen. Die Straße ist leer Die letzten fünfzig Kilometer mit dem Auto liegen vor mir.

Der hamayolische Wolkenfresser

Oha, oha, odrei, stieß der hamayolische Wolkenfresser hervor, als er an einem herrlichen Frühlingstag seinen geheimen Schlupfwinkel verließ, um von Erdpol zu Erdpol zu rasen und sich den ganzen Saftladen mal wieder anzusehen.

Lange hatte er geruht und sich in Sicherheit wiegen lassen. Mit den Worten „Es ist alles in Ordnung, es besteht für niemanden nicht die geringste Gefahr für Leib und Leben" hatte er sich nach Hamayolien schicken lassen, um dort in Frieden sein Leben zu fristen. Auch hatte er damals unterwegs noch eine kleine Hamayolia getroffen, die Interesse an ihm bekundet hatte. Zusammen waren sie mit erhöhtem Tempo, einen Funkenregen hinter sich lassend, in seinen Schlupfwinkel nach Hamayolien abgebraust. Dann war er, satt vor Liebe, eingeschlafen und hatte ganz vergessen, für den Winterschlaf vorzusorgen. Jetzt war er mit knurrendem Magen aufgewacht. Und auch mit dem Hunger nach der kleinen Hamayolia, aber die war fort. Na, das war in Hamayolien üblich, jeder ging seiner Wege, wann er wollte.

Er sauste los und seine Augen wurden groß und größer. Nee, nee und noch mal nee, er schüttelte seine drei Köpfe, es gefiel ihm gar nicht, was er da gleich am Anfang sah. Riesige Feuer brannten, Amazonien war unter einer dichten Qualmwolke verschwunden. Der Fluss, in dem er so gern plantschte und sich dabei meist ein paar besonders leckere Piranhas einverleibte, war nicht zu entdecken. Und Qualmwolken mochte er nun überhaupt nicht, ein hamayolischer Wolkenfresser fraß keine Qualmwolken, pfui Teufel. Es wurde ihm heiß, er hielt Ausschau nach Abkühlung. Der Atlantik! Runter im Gleitflug und kurz mit der Bauchkufe hindurch. Was schwamm denn da bloß alles herum? Fässer, halbe Schiffe, Container, Kunststoffteile, Öllachen! Es war lebensgefährlich, sich hier nass spritzen zu wollen. Er startete durch, weiter nach Osten. Die Nacht schlug er sich bei den Azoren um die Ohren, dann sah er wieder Land.

Sandiges Land, viel Sand, immer mehr Sand, und das hatte sich nach Süden ausgebreitet in einem Maße, dass ihm schwindelig wurde. Die haben doch schon genug Sand im Getriebe, dachte er verwundert, oder haben die etwa nicht genug auf dem Kasten? Der Hamayoli peitschte die Atmosphäre mit seinem Schwanz, dass beinahe der Orion abgestürzt wäre. Sorry, alter Kumpel, bin in Rage. Er machte Sturzflug, fing sich soeben noch, beinahe wäre er getaucht. Das ist doch kein Wasser mehr, das ist ja ölig glänzende Plempe. Igitt! Er rümpfte sein Nashorn. Stinken tat die Brühe erbärmlich. Nur weg von hier!

In der Nähe einer großen Insel weiter im Norden stand ein riesiges Hinweisschild im Wasser: Zur Nordseebucht, Einbahnstraße, Sackgasse. Hach, grunzte der hamayolische Wolkenfresser, geht mich doch einen feuchten Kehrrichteimer an, da ist sicher auch alles versaut. Er hielt einen seiner hundertsiebenundzwanzig Finger in das Wasser. Autsch! Brannte das. Der halbe Finger war ab. Verdammte Säurerei! Vor Schmerz drehte er einen Riesenlooping bis zu den Lofoten hinauf, sah tausende Kadaver im Wasser treiben, wunderte sich nach dem Erlebnis mit seinem Finger gar nicht darüber, fand dort oben weder Piranhas noch sonst irgendwelche Fischchen geschweige denn etwas Größeres.

Die viele Fliegerei hatte ihn noch hungriger gemacht, sein Labsalmagen dröhnte. Am Po, am Po, am Polarkreis, da krieg' ich sicher nicht nur Eis. Er sang, um seinen Hunger zu betäuben, landete sanft an der Eismeerküste. He, du Lappe, gib' mir was zu happe! rief er einem zweibeinigen Lebewesen zu, das am Ufer entlang zog und mehrere vierbeinige Lebewesen mit sich führte. Das Zweibein wehrte erschrocken ab, deutete nach Südosten und machte das Strahlenzeichen. Oha, oha, odrei, versiffte Sauerei! Der Hamayoli sauste wie vom Blitz getroffen ab. Nach Fernost, dachte er, Polarroute, die ist kürzer. Aber das Eis, wo war denn das Eis geblieben?

Dann sah unter sich ein gelbes Meer, zischte dreimal um eine Inselgruppe herum, viel zu nah, wie er merkte, denn er löste ein mittleres Erdbeben aus. Plump platschte er in die Bucht von Miamata. Der Hunger zwackte ihn nun schon ganz gewaltig, im linken Flügel spürte er ein Schwächezittern. Diese Sauserei um den Globus beanspruchte selbst bei dem stärksten Wolkenfresser eine Menge Kraft, vor allem direkt nach dem großen Schlaf. Er wühlte mit seinem Hinterteil im Schlamm der Bucht, probierte die graue Masse. Brrrrrrrr! Wütend spuckte er den Brei zurück ins Wasser, Blei und Cadmium, widerlich, selbst für hamayolische Wolkenfresser unverdaulich.

Als er aufsah, entdeckte er am Ufer eine zarte Gestalt in weiten weißen Gewändern, die ihm zuwinkte. Augenblicklich vergaß er seinen Magen, der andere Hunger meldete sich. Haben die hier in diesem Land nicht so eine bestimmte Art von Frauen? fuhr es ihm durch den mittleren Kopf. Vielleicht finde ich eine kleine Hamayolia und sie spielt mir etwas vor auf ihrer Hamayolika. Doch die Geisha hatte gar nicht ihn gemeint, sondern einen heimkehrenden Fischer mit seinem Boot.

Stratossphärenkarachonochmal! Der Wolkenfresser stieß sich mit aller Kraft vom schlammigen Cadmiumboden ab und startete steil nach oben. Die aufgepeitschten Wellen verschlangen das Fischerboot samt Fischer, und als die Brandungswelle das Ufer erreichte, wischte sie auch die vermeintliche Hamayolia hinweg. Fort, fort, hier gibt es nichts zu fressen für mich, schrie der Hamayoli, bäumte sich auf, krümmte sich zusammen, sammelte alle Restkräfte und raste quer über den indischen Ozean, über die afrikanische Südspitze hinweg auf Kap Hoorn zu. Dort bog er ruckartig links ab und erreichte erschöpft die Antarktis. Hier tummeln sie sich doch alle und suchen etwas, dachte er. Hier muss doch auch für mich etwas zu holen sein, und wenn ich vor lauter Hunger und Wut in die Wolken beiße.

So geschah es. Vor Hunger und Einsamkeit verzweifelt, fraß der Hamayoli die Wolken auf. Und weil sie nicht viel hermachten, fraß er sich durch nach oben und immer weiter. So entstand das Ozonloch. Und wenn der hamayolische Wolkenfresser nicht bald etwas Vernünftiges auf der Erde gegen seinen Hunger bekommt, dann wird er weitermachen, dort unten in der Antarktis oder woanders.

Oha, oha, odrei, das kann noch heiter werden.

Zum Autor:

Ulrich Straeter, geb. 1941 in Dortmund, lebt seit 1968 in Essen. Bankkaufmann, Dipl. Finanzwirt. Germanistik-Studium. Kulturarbeiter, Verleger und Schriftsteller. Mitglied des Kulturbeirates der Stadt Essen. Mitglied im Verband deutscher Schriftsteller (VS), im Europäischen Autorenverband Die Kogge und im Freundeskreis des PEN-Zentrums.

Veröffentlichungen zuletzt:
Westfälische Dichterstraßen III
Ardey-Verlag, Münster, 2007
Grüne Minna, Roman
Verlag Henselowsky Boschmann, Bottrop, 2010
Sizilianische Zitronen - Ein Lied des Südens
Reise-Erzählungen, Horlemann, Berlin 2011

Zur Grafikerin:

Ilse Straeter, geb. 1947 in Bottrop. Studium Grafik-Design an der Folkwangschule Essen-Werden. 16 Jahre Tätigkeit in einer Werbeagentur. Seit den neunziger Jahren Kursleiterin und freie Künstlerin, Outdoor- und Tanz-Malerin.

Zum Buch:

Geschichten um Erlebtes, Erfundenes und Gewünschtes. Geschichten für Jung und Alt und Junggebliebene. Vom Drachensteigenlassen auf Stoppelfeldern über Mopeds, die mal Heinkelperlen hießen, bis zu problematischen Beziehungen, irischen Irritationen, einem Stierkampf, der Blauen Blume, dem Teddybär von Tonga und dem Hamayolischen Wolkenfresser.